Martin Christen

Reportagen aus Amerika

Text, Gestaltung, Illustrationen, Fotos: Martin Christen

© 2022 Christen, Martin
Herstellung und Verlag: BoD – Books on Demand, Norderstedt
ISBN:9783754303344

Der Autor Martin Christen vor einem «Big Tree».

Martin Christen

Reportagen
aus Amerika

Winzig das Wohnmobilchen – gewaltig die Giant Trees im Sequoia National Park

1 Vorwort

Von Oktober bis Dezember 2000 bereiste ich im Rahmen eines Fortbildungsprojekts während nicht ganz drei Monaten Kalifornien. Mit dabei waren meine damalige Partnerin und unser zweieinhalbjähriges Söhnchen.

Unsere Eindrücke und Erfahrungen hielt ich – als Teil des Projektauftrags – in Form von «Reportagen» fest, die ich jedoch nie publizierte.

Nun, nachdem seither über zwanzig Jahre verflossen und die USA auf dem Weg sind, den Kreis der demokratischen Staaten zu verlassen, ist vermutlich der richtige Zeitpunkt für die Publikation meiner damaligen Texte gekommen:

Im Jahr zweitausend, ein Jahr vor Nine Eleven, war in den USA noch vieles, jedoch längst nicht alles, in Ordnung, und es liess sich gut leben, wenigstens vorübergehend, denn es gab weder eine Spaltung des amerikanischen Volkes noch ein vergiftetes zwischenmenschliches Klima.

Klar, die Mehrheit der Menschen war entweder für die eine oder für die andere Partei, doch von abgrundtiefem Hass, von offen zur Schau getragener Feind- und Gewaltbereitschaft, einer bürgerkriegsähnlichen Stimmung war nichts zu spüren.

Im Gegenteil: Beide Seiten waren in der Lage, sich zu arrangieren, aufeinander zuzugehen, einander respektvoll zu begegnen, und Al Gore gestand seine Wahlniederlage – die in Wirklichkeit keine war – unumwunden, grossmütig, fair und staatsmännisch ein.

Die vorliegenden kritisch-ironischen Erlebnis- und Erfahrungsberichte eines nichtamerikanischen Schweizers entführen uns in ein vortrumpsches Amerika, wie es sich heute alle noch einigermassen bei Verstand Gebliebenen – in den USA oder sonstwo auf der Welt – wohl sehnlichst herbeiwünschen.

Denn in den heutigen USA ist nichts mehr, wie es einmal war.

Martin Christen

Switzerland, 2022

Unser Wohnmobil unterwegs - hier im Lassen National Park, USA.

2 Einstieg

Zehn Wochen in Kalifornien im Herbst 2000:

Unterwegs in einem Mobilhome mit 4 Rädern, 4 Sitzen, 3 Schubladen, 2 Tischen, 2 Betten, 2 Schränken, 2 Sitzbänken, 2 Kästchen, 1 Küche, 1 Steuerrad, 1 Motor, 1 Zündschlüssel, 1 Frau, 1 Mann, 1 Kind.

Da wird einiges erlebt, be-, ver- und erfahren.

Die folgende Textsammlung, meist spontan und nachts entstanden, zeigt exemplarisch, subjektiv, unvollständig, tiefschürfend und einseitig:

Amerika.

Wie es wirklich war.

In unveränderter Reihenfolge.

Februar 2022

Martin Christen

Mit dabei: Begleiterin Corinne F. und Söhnchen Elia.

18

3 Luft

Die Luft.

Sie ist viel besser hier als anderswo.

Vor allem innen.

Denn hier wird nicht geraucht.

Nur selten siehst du Menschen, die an diesen kleinen, papierenen Röhrchen hängen, und wenn, dann nur im Freien oder in ihrem eigenen Auto.

Und nie siehst du rauchende Kinder oder rauchende Jugendliche.

Rauchen ist out, total.

Natürlich in erster Linie, weil's überall verboten ist.

Weil hier die Nichtnikotinkonsumierenden vor den Immissionen der Raucherinnen und Raucher geschützt werden.

Was ja sinnvoll, vernünftig und nichts als recht ist.

Du kannst in jedes Restaurant, in jede Bar, in jede Imbissstube eintreten, einfach so, ohne dass du von einer stinkenden und giftigen Rauchwolke empfangen wirst.

Auch in den Bahnhöfen, in den Postämtern, an den Bushaltestellen, am Strand, in den Kinoeingängen: Nirgendwo wirst du belästigt von rücksichtslosen Pafferinnen und Paffern.

Wunderbar, genial, fantastisch.

Du fühlst dich frei, überallhin zu gehen, wo immer du möchtest – auch mit deinem zweieinhalbjährigen Sohn.

Deine Lungen und jene deines Kindes werden hier respektiert, geschätzt und geschützt.

Hier gilt, was überall gelten sollte:

Das Recht auf saubere Luft gilt mehr als das Recht, die Luft verschmutzen zu dürfen: Saubere Luft ist hier ein wertvolles, zu schützendes Gut, saubere Luft hat hier einen Wert.

Es ist hier untersagt, andere Menschen mit Tabakrauch zu belästigen und zum Mitrauchen zu zwingen.

Weil die Freiheit derjeniger, die saubere Luft inhalieren möchten, höher eingestuft wird als die Freiheit derer, die die reine Luft verpesten und diejenigen, die nicht rauchen, zum Mitrauchen zwingen.

Arme Schweiz, wo die Innenluft noch immer mit Füssen getreten, von den Raucherinnen und Rauchern vollgequalmt, verpestet, vergiftet wird.

Wo die Süchtigen noch immer das Recht auf ihrer Seite haben, wo sie noch immer die Mächtigen, die Herrscher:innen über die Innenluft sind.

Wo Anstand, Rücksichtnahme, Respekt noch immer

keine Selbstverständlichkeit sind.

16. Oktober 2000

Autor und Sohn an der frischen Luft in Big Bear Lake, Kalifornien.

4 Restrooms

Mit den sanitären Einrichtungen ist es in Kalifornien so eine Sache:

1. heissen sie «Restrooms», um jeglichen Gedanken an Toiletten, Stuhlgang oder Urin zu verdrängen,

2. sind sie von so unterschiedlicher Qualität wie in jedem anderen einigermassen zivilisierten Land, und

3. verfügen sie über Eigenheiten, die es den an schweizerische Toiletten-Standards Gewöhnten nicht leicht machen, solche Anlagen zu benützen.

Der Deckel

Nur ganz selten – in guten Hotels oder guten Restaurants oder teuren Campinggrounds – weisen die Klosetts Deckel zum Zudecken der Schüssel auf. Üblicherweise besteht die Sitzfläche aus einem weissen, vorne offenen Kunststoffring, so dass von einer «Brille» – wie bei uns – nicht gesprochen werden kann.

Der ins Auge springende Vorteil: Du siehst auf den ersten Blick, ob die Toilette benutzbar ist oder nicht, also sauber, einigermassen sauber oder mehr oder weniger ekelerregend.

Was die Männer-Klos so abstossend macht: Offensichtlich gibt's auch hier viele Männer, die die Toiletten als Pissoirs missbrauchen, im Stehen pinkeln, die WC-

Schüssel nicht treffen und nichts aufwischen ...

Der Sitzschutz

Zu einem US-Standard-WC gehört ein Behälter mit dünnem, knisterndem Sitzschutzpapier, das du auf den trockenen Kunststoffring legen kannst, so dass weder dein Gesäss noch deine Oberschenkel mit dem Sitzreifen in Berührung kommen, was sehr praktisch ist:

Du brauchst nicht mehr minutenlang mühsam die Oberschenkel anzuspannen, um den Direktkontakt mit dem unhygienischen Plastiksitzring zu vermeiden oder diesen umständlich mit WC-Papier abzudecken, bevor du dich hinsetzt.

Die Spülung

Diese ist viel effizienter, als wir es uns gewohnt sind. Wie es funktioniert, weiss ich zwar nicht, doch ist die hier verbreitete druckvolle Spültechnik ziemlich genial: Mit sehr wenig Wasser wird der Schüsselinhalt innerhalb einer halben Sekunde mit grossem Getöse kraftvoll in die Tiefe gesogen, so dass nichts zurückbleibt und auch nichts verstopft.

Der Nachteil: Die Schüssel ist immer halb mit Wasser gefüllt, was ein geräuschvolles Plumpsen und empfindliche Spritzer verursacht.

Die Toilettenwände

Nicht nachvollziehbar ist, warum die meisten Toilettenkojen kaum voneinander abgetrennt sind. Wenn in den USA sonst, wie wir sie aus den Medien kennen, üblicherweise wahnsinnig viel Wert auf Prüderie und Privatsphäre gelegt wird, dann ist das hier Vorgefundene das pure Gegenteil davon:

Denn wenn du einen «Restroom» betrittst, siehst du auf den ersten Blick, welche Toiletten besetzt sind und welche nicht, was für Schuhe, Socken, Hosen und Unterhosen die Leute, die gerade auf einem Thron sitzen, tragen, ob deren Beine behaart oder glatt, weiss, braun oder dunkelfarbig sind, dick oder dünn, muskulös oder nicht. Und bist du grösser als eins-achtzig, dann kannst du auch bequem die Haarfarbe, die Glatze, die Stirn, einen Teil der hellen, roten, braunen, schwarzen, sauberen oder weniger sauberen Ohren erkennen, so schmal respektive niedrig sind die Trennwändchen.

Aber klar doch: Im Wilden Westen hatten sie damals ähnliche Saloon-Pforten: Vierzig Zentimeter über dem Erdboden begann die Schwingtüre, in einer Höhe von eins-sechzig hörte sie wieder auf...

Ein Meter zwanzig für die Privatsphäre, für das private Geschäft, für die Bedeckung des amerikanischen Normkörpers zwischen Knie und Augenbrauen müssen genügen – heute, zu Beginn des dritten Jahrtausends.

Die Pissoirs

Kein Wort über diese grässlichen Urin-Spritz-Becken, die auch hier in Hülle vorhanden und überall anzutreffen sind. Und die auch hier von unzivilisierten, kulturlosen Hygiene-Analphabeten benutzt werden, die es als unnötig erachten, zu versuchen, wenigstens halbwegs zu treffen, zu spülen, die entstandene Urinlache aufzuwischen oder nachher die Hände zu waschen.

Pfui.

Was heisst:

Die kalifornischen Restrooms sind keineswegs zum Verweilen gedacht, so dass du, wenn's pressiert, wirklich pressierst.

Um so schnell wie möglich wieder herauszukommen.

17. Oktober 2000

Campground in in einem National Park in California – mit Restrooms, die stark mit der schönen Landschaft kontrastieren.

5 Big Tree

Wir befinden uns in den Redwood National and State Parks im Norden Kaliforniens, dort, wo die Riesenbäume zu bewundern sind, Bäume, die über hundertzehn Meter hoch werden können und damit zu den grössten Lebewesen der Erde gehören.

Über 96 Prozent all dieser Wälder sind Ende des neunzehnten und zu Beginn des zwanzigsten Jahrhunderts zerstört worden: Vor allem Eisenbahn- und Holzfirmen fällten diese imposanten tausend bis zweitausend Jahre alten Zeugen vergangener Zeiten gleich hektaren- und quadratkilometerweise. Dem Einsatz engagierter Natur- und Umweltschützer:innen ist es zu verdanken, dass einige tausend dieser Giganten heute noch zu bestaunen sind.

Einer davon ist der «Big Tree», ein unglaublich mächtiger, majestätisch in den Himmel ragender, erhabener Riesenbaum mit knorriger, rund dreissig Zentimeter dicker Rinde: Mit fast hundert Metern Höhe, über sieben Metern Durchmesser und über zweiundzwanzig Metern Umfang gehört er zu den Grössten der Grossen.

Doch vom Hauch der Ewigkeit, der ihn einst umgab, ist heute nichts mehr zu spüren: Die Ruhe fehlt, die Abgeschiedenheit, die ursprüngliche Wildnis. Denn heute steht er wenige Meter neben einem grossen, geteerten Parkplatz, neben einem viel besuchten Toilettenhäuschen, neben einer viel befahrenen Strasse.

Und heute pflanzen sich täglich Hunderte von Touristinnen und Touristen vor ihm auf, lachen in die Kameras, benutzen den wunderschönen, gewaltigen Baumstamm als Hintergrund für ihr eigenes Konterfei. Seht: Hier war ich auch noch!

Und weg sind sie, bei der nächsten Attraktion: Beim «Drive Thru Tree», durch den die Leute mit ihrem Auto hindurch fahren, ein Erinnerungsfoto schiessen und weiterrasen, beim «Chimney Tree», beim «Immortal Tree», beim «Tree House», beim «One Log House», bei der «Avenue of Giants».

Die einen konsumieren die sensationelle Grösse dieser Bäume auf ihrem Surf- und Lebenstrip wie ein Fastfoodhäppchen, und die anderen machen damit ihr Geschäft: Wenn der Verkauf des Blicks auf den Baumriesen mehr einbringt als der Verkauf des Holzes, dann lässt man ihn eben stehen...

Der «Big Tree» hat Glück gehabt: Er lebt wenigstens noch. Und dank ihrer ungewöhnlichen Grösse, die sogar Menschen beeindruckt, die auf der obersten Oberfläche des Seins herumirren, haben einige Hektaren dieser einstigen Göttinnen- und Götterwälder überlebt.

Viele andere Tier- und Pflanzenarten haben dieses Glück nicht: Sie sind zu unscheinbar, zu uninteressant, zu unattraktiv, zu unwirtschaftlich, zu langweilig, zu wenig geil, zu wenig sensationell.

Gewesen.

Waren zum Totschlagen der menschlichen Lebenszeit nicht geeignet. Also überflüssig, das heisst wert- und sinnlos.

Also zum Ausgestorbenwerden prädestiniert.

Anders als «The Big Tree».

18. Oktober 2000

Im Redwood National Park: Vater und Sohn bewundern die gigantischen Riesenbäume.

6   Oregon

Wenn man von Kalifornien in Oregon einfährt, dann ist das so, als ob man von Frankreich oder Deutschland herkommend die Schweiz betritt:

Plötzlich ist alles voller Häuser, Autos und Strassen. Und all die – in Oregon auffallend hässlichen – Gebäude stehen überall, weit verstreut, an den Strassen, an den Abhängen, mitten in noch nicht gerodeten Waldstückchen.

Und die Zahl der gigantischen Werbetafeln und überdimensionierten Schriftschildern am Strassenrand ist noch grösser als in Kalifornien, viele Hügel sind kahl, öd, abgeholzt.

Ich bekomme das Gefühl, die Natur habe hier nichts zu suchen, habe keinen Platz zwischen all dem Zivilisationsbrei.

Und so ist auch von den einstigen Redwood-Riesenbäumen in Oregon nichts mehr zu sehen: Hier haben sie ganze Arbeit geleistet und nicht nur 96,5 wie in Kalifornien, sondern hundert Komma null Prozent der tausend- und mehrjährigen Kolosse umgelegt und zu irgendetwas verarbeitet. Denn hier galt offenbar der Wert des Holzes unendlich viel mehr als das Wunder, das dieses Holz erst möglich gemacht hatte.

Und natürlich werden sie hier in diesem Bundesstaat,

anders als in Kalifornien, Bush und nicht Al Gore wählen, Bush, den Konservativen, der nicht etwa die Natur, das Wertvolle und Kostbare, konservieren, erhalten will, sondern die Macht der Mächtigen und Reichen, die Strukturen, die es den cleveren Rowdies weiterhin erlauben, auf Kosten der Ohnmächtigen materielle Güter anzuhäufen.

Dieser Mentalitätsunterschied ist auch auf den State-Park-Campgrounds zu spüren: In Oregon sollen die Leute auf nichts verzichten müssen, weder auf Strom noch auf Waschmaschinen – dort stehen der Mensch und dessen Bequemlichkeit im Mittelpunkt. Nicht wie in den sehr einfach und zweckmässig eingerichteten kalifornischen State Parks, wo kein Blümchen gepflückt, kein Papierchen weggeworfen, kein Tierchen gefüttert werden darf.

Am deutlichsten und krassesten zeigt sich dieser Gegensatz, wenn man von Oregon zurück nach Kalifornien fährt: Plötzlich hat's da einen Zoll, man wird angehalten und befragt, unter Umständen auch kontrolliert und untersucht, als ob man aus dem Ausland käme, als ob Oregon nicht mehr zu den USA gehörte. Und gefragt wird nach Naturprodukten, nach Früchten, Gemüse, Lebensmitteln, die sich eventuell im Auto befinden könnten. Und obwohl unser im Wohnmobil eingebauter Küchenschrank vollgestopft ist mit Äpfeln, Orangen, Kartoffeln, Salat, Brot, Teigwaren, Reis etc., antworte ich mit «No!»

Und ehrlich: Ich habe nicht gelogen, denn unser ganzer

Foodvorrat stammt aus kalifornischen Supermärkten: Alles Essbare haben wir nach Oregon im- und einen Tag später wieder aus Oregon heraus exportiert, da wir das gleiche Misstrauen gegen die oregonschen Lebensmittel hegen wie offenbar der Staat Kalifornien.

Denn wenn schon die Land- und Ortschaften so ungesund und kaputt aussehen, werden auch die angebotenen Esswaren nicht besser sein.

Logisch, dass ich, ohne kontrolliert zu werden, den Zoll passieren konnte:

Mein Englisch hat keinen Oregon-Akzent.

20. Oktober 2000

Aussichtspunkt in der Nähe des Yosemite National Parks mit atemberaubendem Rundblick.

7 Wohnmobil

Im Gegensatz zu einem Love- hat's in unserem Wohnmobil – wenn auch beschränkt – Platz zum Stehen, Sitzen und Liegen. Es ist auch kürzer und weniger laut, dafür wesentlich schneller, nämlich bis zu fünfundsechzig «m» pro Stunde – Meilen, nicht Meter.

Hier wohnen wir seit drei und auch noch für die nächsten sieben Wochen. Wahrscheinlich kommt's uns deshalb so eng vor: Unsere «Parade» dauert halt etwas länger.

Wie in einem richtigen Haus stehen wir jeweils am Morgen auf, machen das Frühstück, frühstücken, waschen ab und fahren los. Allerdings ist hier alles viel umständlicher:

Zuerst muss das eine Bett in einen Tisch und zwei Sitzbänke, das andere in eine Ablagekoje verwandelt werden, bevor mit dem Tischdecken begonnen werden kann. Und noch vorher ist vielleicht schon das WC oder die Dusche aufgesucht worden, die sich hundert oder mehr Meter vom Wohnmobil entfernt befinden. Und noch davor haben wir zuerst einmal unsere Schuhe gesucht, das Toilettentäschchen, das Frottiertuch, die Kleider zum Anziehen, da es da, wo's eng ist, keinen Platz für nichts hat, so dass alles immer überall und nirgendwo herumliegt, einfach nicht dort, wo es sein sollte, wenn es dafür einen Platz gäbe.

Und direkt nach dem Erwachen haben wir uns vielleicht zuallererst überlegt, ob wir überhaupt – der Umstände wegen – aufstehen sollen oder nicht. Denn sobald du dich drehst, bückst, streckst, hinlegst oder hinsetzt, überall schlägst du den Kopf an, oder wenigstens den Ellbogen oder das Knie oder die Schulter oder den Fuss.

Und wenn wir dann endlich – mit zehn Tropfen kaltem Wasser – das Geschirr abgewaschen, abgetrocknet und scherbelsicher im Schränkchen versorgt, den beim Frühstück entstandenen Abfall entsorgt, die Kleider irgendwo verstaut, die nachts deziliterweise angelaufenen Scheiben getrocknet, das Elektrokabel verstaut, den Spültrogabwassertank geleert, den Wassertank gefüllt, das Motorenöl und das Kühlwasser und den Propangastank kontrolliert, den zweieinhalbjährigen Sohn ausgezogen, gewickelt, angezogen und überredet haben, sich in den Kindersitz zu setzen, um angeschnallt zu werden, dann können wir uns endlich auf die beiden Vordersitze setzen, den Motor starten und loszischen.

Das ist dann etwa um halb elf Uhr, sofern wir spätestens um acht Uhr aufgestanden sind…

Das Leben auf vier Motorhomerädern ist auch unterwegs oft etwas weniger bequem als zu Hause im Sechszimmerhaus:

Unser Sohn kann sich noch nicht stundenlang selber beschäftigen, angegurtet und eingezwängt in seinem Kindersitz. Hie und da muss er von seinen bekloppten Eltern, die diesen zehnwöchigen Trip geplant haben, unterhalten werden: Mit gutem Zureden («Wir halten gleich an!»), mit Beschäftigungstherapie (Digitalkamera, Walkman, Videokamera), mit Food («Zur Belohnung darfst du dieses Ding hier haben!»), mit einem Schoppen, mit Ablenkungsmanövern («Sieh mal: ein Pferd!»), mit Bilderbüchern, Klebebildchen, Grimassen, Zeichnungen und so weiter.

Oder Tonbandkassetten, die sich weitaus am besten bewährt haben:

Beispielsweise die amerikanischen Kinderlieder zum Mitsingen, die wir inzwischen alle auswendig können, oder die mitgebrachten Pingu-, Kasperli- und Märchenkassetten, so dass wir auf der Fahrt durch die Sierra Nevada, durchs Death Valley, durch die Redwoods und alle National und State Parks und über den Highway Number One statt amerikanisch-britische Radionews und -songs geniessen zu können, ständig den immergleichen schweizerdeutschen Kasperli-, oder schlimmer: Pingusound im Ohr haben.

Und obwohl – laut Statistik – Haushaltunfälle am häufigsten vorkommen, haben wir das Gefühl, in einem Wohnmobil sei es noch gefährlicher als im eigenen Heim:

Auf mehrspurigen Strassen werden wir pausenlos links und rechts überholt, Lastwagen schliessen so nahe auf, dass wir im Rückspiegel nur noch einen kleinen Ausschnitt des glänzenden Kühlergitters sehen, Lebensmüde schiessen links an uns vorbei, schwenken unvermittelt einen halben Meter vor uns in unsere Fahrspur, rasen dann rechts hinaus in die nächste Ausfahrt und verschwinden am Autobahnhorizont. Oder eine halbe Sekunde nach einem «Rough-Road»-Schild holpert es derart gewaltig, dass das Geschirr scheppert, alles nicht Niet- und Nagelfeste zu Boden plumpst, fällt oder stürzt und beinahe die Achsen brechen. Etcetera. Etcetera.

Am ungemütlichsten ist es aber, wenn sich alle gegenseitig auf die Füsse treten, wenn Kleinigkeiten wie nicht entsorgte Zündhölzchen, liegengelassene Papiertaschentücher, etwas Schuhdreck, eine nicht gefundene Briefmarke, eine herum liegende Unterhose, eine verpasste Abzweigung, Tankstelle oder Campingeinfahrt, ein falsch betontes Wort, ein Trotzanfall des Söhnchens o.ä. zu derart grundsätzlichen Meinungsverschiedenheiten und Problemen führen, dass bald einmal sämtliche zwei Beteiligten zutiefst davon überzeugt sind, dass man damals, als man daran war, einander kennenzulernen, sich zu verlieben, sich zu organisieren, ein Kind zu zeugen von allen guten Geistern verlassen gewesen sein und nicht mehr alle Tassen im Schrank gehabt haben musste.

Naja – dafür gelangt man mit und in einem Homemobil in kurzer Zeit von A nach B.

Und das ist ja schliesslich die Hauptsache,

Nicht wie bei den Lovemobils.

21. Oktober 2000

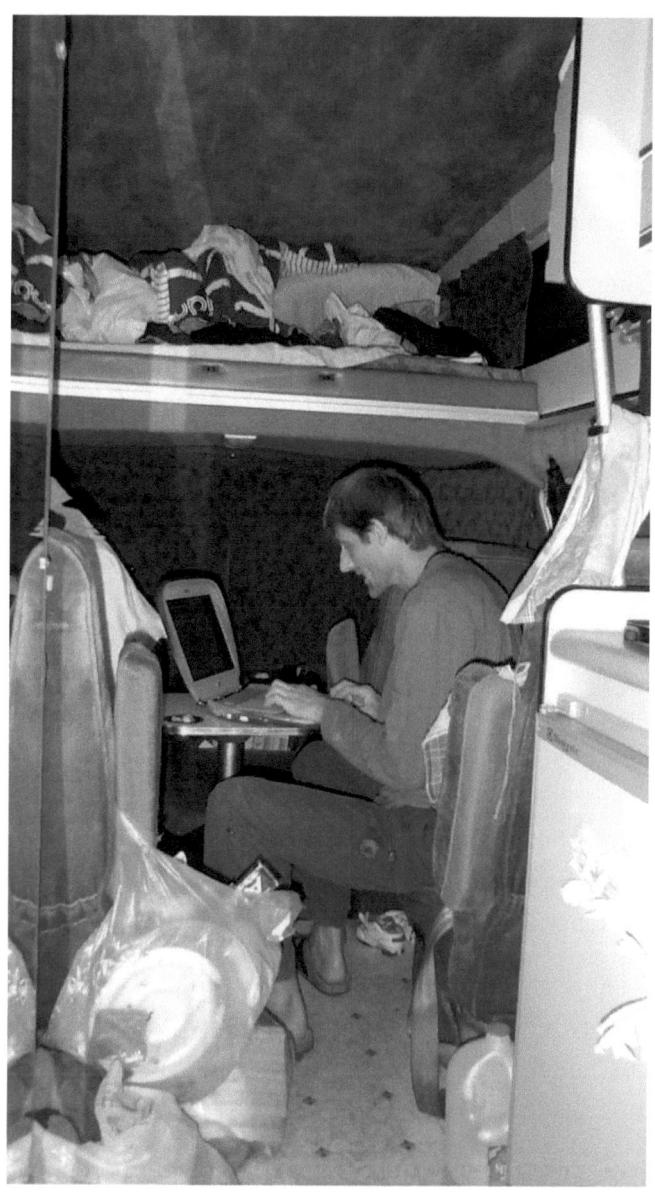

Eng und unaufgeräumt: Wohnmobilinneres. Für geistiges, konzentriertes Arbeiten wenig geeignet.

8 Baseball

Baseball on television: Fast so spannend wie Eile mit Weile.

Einer wirft, einer versucht zu schlagen, einer fängt eventuell und hunderttausend Deppinnen und Deppen schauen zu im Stadion, Millionen zu Hause vor dem Fernseher, und einige, die offenbar zu den zwei beteiligten Teams gehören, beobachten das ereignislose Geschehen stehend auf dem Rasen oder sitzend auf den Ersatzbänken.

Immer wieder werden die Köpfe einzelner Teilnehmer dieses seltsamen Spiels gross eingeblendet, regelmässig aber auch einzelne ältere Herren, die desinteressiert ins Leere starren – wahrscheinlich die Trainer, Coaches oder Besitzer der Spieler dieses abartigen Spiels, die für ihre seltsamen Bewegungen, für ihr Herumstehen, Herumsitzen, Herumgehen, für ihre äusserst seltenen Spürtchen Hunderttausende oder gar Millionen kassieren.

Dazu kommt ein Kommentator, der diese Orgie der Langeweile dramatisierend begleitet, um die hirnlosen Zuschauerinnen und Zuschauer daheim am Bildschirm am Einschlafen zu hindern.

Die Hauptbeschäftigungen der weiss uniformierten, hoch bezahlten und offenbar US-weit bekannten Baseballstars: Kaugummi kauen und Spucke spucken.

Keinen Schritt kann so ein Altersheimsport-Athlet tun, ohne nicht mindestens zweimal auf den Boden gespuckt zu haben. Literweise muss die kaugummisüsse Spucke am Ende eines solchen Nullkommanull-Action-Happenings über den Rasen und die markierten Spielfelder verteilt und jede Baseballschuhsohlenrille platschvoll mit dieser schleimig-glitschigen Masse gefüllt sein.

Erklären kann ich mir diesen Kau- und Spuckzwang nur damit, dass die armen Spieler so versuchen, erstens wach zu bleiben und zweitens den von den Kaugummis verursachten unerträglichen Geschmack so schnell wie möglich wieder loszuwerden. Was natürlich misslingt, da sie durch das Milliardensponsoring der Kaugummimafia dazu verdammt sind, für den Rest ihres Lebens an den Kaugummis zu hängen.

Seit Stunden steht's zwischen den zwei Mannschaften, den New York Yankees und den Oakland Athletics, sieben zu fünf, was auch immer das heissen und bedeuten mag, und gerade eben versucht ein OAK mit einem Wurf auf einen behandschuhten und vergitterten und gepolsterten Fänger des offenbar gleichen Teams einen mit einer Riesenkeule ausgerüsteten Schläger des offenbar anderen Teams daran zu hindern, das geworfene Objekt zu treffen, was fast jedesmal gelingt, obwohl es sich auch bei diesem athletisch wirkenden Hünen offensichtlich um einen Profispieler handelt, der nichts anderes tut, als täglich stundenlang das zu trainieren, was ihm während des Spiels praktisch nie gelingt.

Es ist kaum zu fassen: Diese millionenteuren Jungs sind nur sehr-sehr selten in der Lage, den Ball, wenn es denn einer ist, zu treffen, und wenn, dann auf erschreckend klägliche und jämmerliche Weise, so dass das Wurfgeschoss nur einige wenige Meter weit irgendwohin ins grüne oder rote Feld rollt, wo er von einem anderen Mitspieler mit einem dicken Handschuh aufgelesen und mit der unbehandschuhten Hand irgendwohin zurückgeworfen wird, während der glückhafte Schläger ein zwanzig-Meter-Läufchen zu einem weissen Plastikpunkt absolviert, wo er dann wartend zwanzig bis dreissig Minuten verbringt, so lange wahrscheinlich, bis der nächste oder übernächste unfähige Schläger endlich mit viel Glück den Ball halbwegs trifft.

Der absolute Höhepunkt dieses Gähnmarathons ist es, wenn einmal einer – mit unglaublichem Glück – den Ball so trifft, dass dieser fünfzig Meter oder weiter fliegt, so dass ein «Homerun» drinliegt und das Publikum vor Begeisterung und Erlösung tobt: Endlich hat's einmal nach Stunden des Wartens ein klein wenig Action gegeben, und der hohe Eintrittspreis und das grosse Opfer an Lebenszeit scheinen sich gelohnt zu haben.

Das Spektakulärste an diesem unspäktakulärsten aller unspektakulären Spiele ist eindeutig der Punktestand – wie etwa beim Skirennen: Ohne die eingeblendeten Hundertstel und Tausendstel käme nie ein normaler Mensch auf die Idee, stundenlang auf dem Bildschirm Ski fahrende Skifahrer:innen zu verfolgen – wobei zu bemerken ist, dass es sich bei diesen Wintersportler:innen um hervorragende und vollkommen durchtrainierte Athletinnen und Athleten handelt, die etwas von ihrer Sportart verstehen.

Hier aber: Fehlanzeige! Die meisten sind erbärmliche Versager, die trotz eines wahrscheinlich grossen und offensichtlich völlig ineffizienten Trainings – sämtliche Trainer und Coaches müsste man sofort fristlos entlassen – nie zu sportlich einigermassen befriedigenden Ergebnissen kommen.

Deshalb u.a. wird diese «Sportart» fast nur in den USA betrieben: Wer sonst auf der Welt käme auf die Idee, solch bescheidene, hilflose, beschränkte und bodenlos belämmernde und behämmernde Games zu einer Art Nationalsport zu erklären und mit ungeheurem finanziellem und medialem Aufwand zu nationalen Grossereignissen empor zu stilisieren?

Baseball – da kann ich als Schweizer nur den Kopf schütteln.

Und mich auf die ungeheuer spannenden TV-Jass-Sendungen freuen.

22. Oktober 2000

Der Yosemite National Park: Tausendmal spannender als zehn Baseball-Saisons zusammen.

9 Moneymoney

In den USA sehen alle Banknoten gleich aus: Klein, grün-gräulich, fantasielos, antiquiert, wertlos, leicht fälschbar. Und weil alle das gleiche Format haben, muss man extrem aufpassen, ob man gerade einen Ein-, Zehn-, Zwanzig-, Fünfzig- oder Hundertdollarschein in der Hand hält. Und wenn schon die Sehenden grösste Mühe mit diesem Zahlungsmittel haben – welche Schwierigkeiten werden da erst blinde Menschen haben...

Zum Glück gibt's ja noch die Kreditkarten, mit der sich fast alles bezahlen lässt: Food im Supermarkt, «Gas» an der Tankstelle, Lodging im Mo- oder Hotel – überall hast du im Hui bezahlt und überall wirst du freundlich mit deinem Namen verabschiedet: «Thank you, Mr Christen, you're welcome, Mr Christen.»

«Very comfortable», die ganze Zahlerei, «practical and safe».

Sofern sie dir nicht abhanden kommt, deine Raiffeisen-Master Card.

Trotzdem kommst du auch hier nicht ganz ohne Bargeld aus: Mit Plastik kannst du weder eine Zeitung aus den überall herumstehenden Automaten, die längst die Newsagencies verdrängt und damit Zehntausende von Arbeitsplätzen vernichtet haben – holen, noch auf den staatlichen Campgrounds die «Fee» oder die warme Dusche bezahlen, ohne Cash kannst du in entlegenen Gebiete – und fast alle sehenswerten Gebiete sind sehr entlegen – weder in Bars, Restaurants noch in Stores oder an Gas-Stations die «Bill» begleichen, vor allem aber nicht weit kommst du ohne ein Bündel von One-Dollar-Scheinen und einem halben Kilo Coins in San Francisco samt Umgebung:

Hier herrscht akutester Dollarmangel, denn hier müssen alle Tickets für alles, was sich bewegt, mit diesen unscheinbaren Scheinchen gekauft werden: Ohne dieses Papiergeld betrittst du keinen Bus, keine Tramway, keine U-Bahn – der ganze Zahlungsverkehr des Public Transport basiert auf Eindollarscheinen und Quarters und Dimes.

Wehe, du hast dich vor Antritt eines Ausflugs mit dem öV weder mit Papiergeld noch mit Münzen eingedeckt: Du wirst einfach stehen gelassen. Und nur mit grösstem Widerstand und Widerwillen hilft dir eventuell ein Taxifahrer oder eine Store-Kassiererin aus der selbstverschuldeten Patsche.

Ein Beispiel? BART-Station Ashby, Oakland. Es gibt zwei Ticket-Automaten, von denen einer immer «Out of Service» ist und der andere manchmal funktioniert. Natürlich nur, indem du einen oder mehrere Dollarscheine in den Schlitz schiebst, der das Papier akzeptiert oder nicht, je nach Beschaffenheit oder Wetterverhältnissen, was sehr stressig sein kann, wenn zB die U-Bahn und/oder hinter dir eine Schlange wartet. Hast du keine Eindollarnote, dann gibt's noch zwei Möglichkeiten: Du kannst einen Fünfdollarschein im Wechselautomaten, der meistens ebenfalls nicht funktioniert, wechseln oder, was am schnellsten geht, gleich in den Ticketautomaten stecken und dann halt fünf Dollar statt zwei fünfzig für das Billett bezahlen.

Hast du Pech und nicht das richtige Kleingeld, dann gibt's meist nur noch den umständlichen Weg der Suche nach einem Bank-Geldautomaten – zu Fuss natürlich – und danach in den nächsten Store, ebenfalls zu Fuss, so dass du gut und gerne eine Stunde deines Lebens auf der Suche nach diesen US-Geldscheinen verplemperst.

Anderes Beispiel: Du besteigst einen Bus, hast aber dummerweise keine Eindollarnote zur Hand. Was tust du?
1. Du verzichtest auf die Busfahrt und steigst wieder aus.
2. Du schiebst einen Fünfdollarschein in den Ticketautomaten und die nächsten beiden Fahrgäste händigen dir ihre Dollarnote und ein Zehn-Cent-Coin aus, so dass du zwar mitfahren darfst, aber bei diesem Deal siebzig Cents verlierst, oder
3. der Fahrer/die Fahrerin erbarmt sich deiner und nimmt dich gratis mit.

In den Fällen 2 und 3 erhältst du vom Driver oder der Driverin ein Papierticket, das an einer markierten Stelle entzweigerissen ist und genau so weit reicht respektive lang ist, wie dieses Billett noch gültig ist.

Du siehst: Wer meint, in den USA respektive in Kalifornien oder San Francisco sei und funktioniere alles elektronisch, digital und hypermodern, irrt: Das Zahlungswesen scheint ein Relikt aus dem vorletzten Jahrhundert zu sein, als noch Pferdekutschen unterwegs waren, die regelmässig von Strassenräubern überfallen wurden.

Wie schön und einfach ist es doch daheim bei uns in der Schweiz, wo du ein GA hast und einfach und überall einsteigen und mitfahren kannst.

Sofern es dir nicht abhanden kommt.

23. Oktober 2000

Public Transport in San Francisco — sehr umständlich ohne GA.

10 Jogging

Hier in Kalifornien habe ich es mir zur Aufgabe gemacht, täglich zu joggen – möglichst täglich, denn manchmal sind die Umstände so umständlich respektive ungünstig, dass ein Dauerlauf einfach nicht drinliegt.

Zum Beispiel nach der Ankunft in L.A., als ich, nach einem Blick aus dem 10. Stock des Flughafenhotels, mit Schrecken feststellen musste, dass es dort im Umkreis von mindestens 50 Kilometern nichts anderes gibt als Strassen, Parkplätze, Autos, Parkhäuser, Hotels und andere mindestens zwanzigstöckige Gebäude aus Beton und Glas.

Immerhin gab's, wie ich bald herausfand, einen Fitnessraum mit etwa sechs Laufmaschinen, die ein Jogging an Ort inklusive L.A.-Luft, Frottiertuch und ununterbrochener TV-Werbung ermöglichten.

Leider war mein Gepäck noch nicht eingetroffen, so dass ich in den Schuhen, in denen ich die letzten vierundzwanzig Stunden verbracht hatte, gegen das Laufband anrennen musste, da bei einem schuhlosen Versuch die Socken innert Kürze durchgescheuert waren und einzelne Zehen bereits verdächtig zu brennen begonnen hatten.

Immerhin kam ich auch so ziemlich ins Schwitzen, insbesondere, weil es gar nicht so einfach ist, auf einer kleinen, sehr schmalen und kurzen Fliessbandfläche schnurgerade, regelmässig und schlenkerlos zu laufen.

Oder wenn wir mit unserem Mobilhome erst nach Einbruch der Dunkelheit auf einem Campground eintrafen, auf den wir zufälliger- und glücklicherweise doch noch gestossen waren, nachdem wir dank der genialen amerikanischen Strassenbeschilderung einen andern stundenlang vergeblich gesucht und nicht gefunden hatten, war an ein Jogging – und wäre es noch so kurz gewesen – nicht zu denken:

Bei stockdunkler Dunkelheit an einem wildfremden Ort bringe sogar ich mich nicht mehr dazu, das Jogging-Tages-Mindestsoll zu erfüllen – sondern beschliesse, am nächsten Tag dafür den Trainingsumfang zu verdoppeln.

Im Allgemeinen klappt die Joggerei sehr gut, ausgezeichnet sogar, jedenfalls viel besser, als ich mir das vorher in der kleinen Schweiz vorgestellt hatte: Endlose, pfeifengerade, vierspurige Strassen, denen ich entlangrenne, ständig von der Furcht verfolgt, hinterrücks angefahren, weggeschleudert und von den nachfolgenden Fahrzeugen, zwei Lastwagen zum Beispiel, überrollt, platt- und totgewalzt zu werden.

Stattdessen treffe ich fast überall auf hervorragende Trainingsanlagen: Wanderwege der Pazifikküste entlang, wunderschöne Bergpfade zu irgendeinem Gipfel hinauf, Fusswege inmitten fantastischer Wälder, Trails entlang von Bächen, Flüssen, durch Dickicht, Schluchten, Parkanlagen etc. etc.

Wunderbare, motivierende Verhältnisse, die es mir ermöglichen, die unmittelbare Umgebung eines Übernachtungsorts innert Kürze zu entdecken, zu erleben, kennenzulernen.

Trotz oder gerade wegen solch toller und absolut idealer Trainingsbedingungen gibt's leider auch Nachteile:

1. Du kannst dich verirren und findest nie mehr zu deinem Auto und deinen Lieben zurück.

2. Du kannst erfrieren oder abstürzen oder das Bein brechen und erst Wochen später – wenn überhaupt – von irgendeinem Rettungstrupp gefunden werden.

3. Du kannst von einem Bären, einem Berglöwen oder einem Wolf verfolgt, angefallen und angefressen werden und jämmerlich umkommen.

Das ist nicht zum Lachen, sondern entspringt der realen Angst eines real in der realen US-Wildnis joggenden Schweizers:

Downieville

Downieville, ein wunderschönes, gut erhaltenes Wildwest- und Goldgräberstädtchen mitten im wunderschönen Sierra-Valley, eingebettet in sanfte Berge und riesige Nadelholzwälder. Dein Wunsch: Irgendeinen Berg in der näheren Umgebung erjoggen. Zeitlimite: Anderthalb Stunden.

Also startest du irgendwo, wählst irgendeine Strasse, die in die Höhe führen könnte: Die Orts- und Lagepläne in den Tourismus-Prospekten sind eh alle unbrauchbar...

Zuerst führt ein kleines, geteertes Strässchen zum Friedhof, dann in den nächsten Wald hinein, folgt dem Bachtobel, und nach fünfhundert Metern hat es eine Abzweigung links bergauf. Also abgebogen, dem Natursträsschen gefolgt, das stetig ansteigt, offensichtlich irgendwohin führt.

Nach vielleicht drei Kilometern ist der Weg plötzlich zu Ende, doch gibt's da noch einen kleinen, steilen Bergpfad, dem du folgst, der manchmal in diese, manchmal in jene Richtung führt, immer aber in die Höhe..

Nach etwa zwei weiteren Kilometern gelangst du auf eine Art Plateau mit primitivem Parkplatz für Geländewagen, was du aufgrund der ziemlich alten Fahrspuren vermutest.

Und überall liegen Patronenhülsen herum: Kam es hier etwa zu einer Schiesserei zwischen zwei rivalisierenden Cowboygangs? Oder noch schlimmer: Haben hier etwa Jäger Wildtiere gejagt, auf Bären geschossen, diese armen Tiere abgeknallt?

So schnell wie möglich verlässt du diesen unangenehmen Ort, biegst in einen der zwei kleinen Pfade, die irgendwohin in die Höhe führen und merkst dir das Weglein, auf dem du hergekommen bist.

Du joggst weiter, bis ein weiterer ähnlicher Acker mit tiefen Pneufurchen, verstreuten Patronenhülsen und weiteren kleinen Abzweigungen folgt. Auch hier suchst du sofort das Weite, wählst einen steil bergauf führenrenden Pfad – der Berg scheint schier endlos hoch zu sein.

Von einer Sekunde auf die andere lichtet sich der Föhrenwald: Aha, die Baumgrenze, denkst du und erkennst nun, wo du dich befindest, nämlich zwischen drei Berggipfeln, die du alle erklimmen könntest.

Doch bereits sind über vierzig Minuten verstrichen, die Sonne strahlt heiss vom tiefblauen Himmel und du bist bereits auf Reservebetrieb.

Und plötzlich der Schreck: Etwas Dunkles, Schwarzes ungefähr hundert Meter weiter vor dir! Hat sich das nicht bewegt?

Du zögerst, joggst langsamer, duckst dich, packst einen am Boden liegenden, dicken Ast, überlegst dir, wie du dich wehren könntest gegen einen wilden Schwarzbär, beginnst dir Vorwürfe zu machen: Natürlich, hier wimmelt's ja von Bären, wie unvorsichtig, unüberlegt von dir, in dieser Wildnis, kilometerweit von der Zivilisation entfernt, herumzurennen – und niemand hat eine Ahnung, wo du dich aufhältst! Gleichzeitig versuchst du dich zu beruhigen, versprichst dir, inskünftig nie mehr derartige Joggingtouren zu unternehmen, fixierst das Dunkle, Schwarze, Unbekannte, möchtest sofort umkehren, davonrennen.

Was aber das Dümmste wäre, was du tun könntest: Das wilde Tier würde dich, den Flüchtenden, im Nu eingeholt, angefallen und zerfleischt haben und dein tolles Projekt, das du wochenlang vorbereitet hast und das

WARNING!

YOU ARE ENTERING ACTIVE BEAR COUNTRY

• Bears are breaking into cars in parking lots and campgrounds every night in search of food.

Vor wilden Bären wird gewarnt – auch in Downieville!

dich zwanzigtausend Franken kostet, wäre auf einen Schlag hier an dieser Stelle ein- für allemal zu Ende.

Beinahe wärst du in Panik geraten, wenn du nicht beim vorsichtigen Näherkommen festgestellt hättest, dass es sich nur um einen alten, verwitterten Baumstamm handelt – an dem du dann erleichtert, erlöst und befreit vorbeirennst, bevor du den kleinsten der grossen Bergkuppen bezwingst, wo du einen Baumstrunk besteigst und dich umblickst:

Ringsum nichts als Wald, Wald und nochmals Wald, aus dem einige kahle Gipfelchen herausragen – eine atemberaubende, einmalige, unvergessliche Aussicht!

Mindestens fünf Meilen bist du vom nächsten Gebäude entfernt, mitten irgendwo in den USA, hier zum ersten und zum letzten Mal, Tausende von Kilometern weit weg von zu Hause, einsam und verlassen.

Ein Paradies für Bären, Berglöwen, Wölfe!

Im letzten Campground war vor Schwarzbären gewarnt worden: Man solle schreien, nicht davonrennen, grosse Steinbrocken auf den Körper des Bären werfen, ja nicht auf den Kopf, wenn man einem begegne. Und auf den Trails solle nicht gerannt werden, wegen der Berglöwen, die dann die Rennenden als Beutetiere auf der Flucht betrachten und hinterherrennen könnten...

Erst jetzt bekommst du richtig Angst, packst bei der nächsten Gelegenheit einen zweiten dicken Ast und rennst so zu Tale und musst gleichzeitig aufpassen, dich nicht zu verirren und wieder zurück nach Downieville zu finden.

Hinterher erfährst du dann, dass es tatsächlich viele Bären hat in diesen Wäldern, dass fünf davon regelmässig nachts im Dorf auftauchen und Abfallkübel plündern ...

Lassen-Volcanic-Park

Das hast du dir in den Kopf gesetzt: Du willst vom 2500 Meter hoch gelegenen Parkplatz aus den 3180 Meter hohen Lassen Peak besteigen, natürlich joggend. Beschreibung: Leichte Bergtour, mit vier Stunden müsse gerechnet werden – du rechnest mit einer bis anderthalb Stunden.

Doch es ist der 21. Oktober, es liegt bereits Schnee und es ist eisig kalt. Du schlüpfst in dein Pijama, ziehst die lange Trainingshose darüber, trägst ein T-Shirt, einen Pullover und eine gute Windjacke mit Kapuze, ein Paar Trainingssocken, ein Paar Joggingschuhe mit Allzweckprofil. Und startest. Und lässt Frau und Kind zurück auf dem Parkplatz, beim und im Mobilhome: Mit dem Feldstecher können sie verfolgen, wie weit du kommst, ob du bergauf oder bergab rennst, dass du noch lebst.

Eine wunderbare Trainingsgelegenheit: Du überrennst die 3000-Meter-Marke, was ein neuer Rekord wäre. Etwas über 2700 Meter hast du bis jetzt geschafft, von Davos aus über den Sertig-Pass und nicht ganz aufs Weissfluhjoch hinauf. Das hier ist natürlich eher ein Spaziergang: Schliesslich liegt der Start schon auf über 2500 Metern.

Der Anfang ist immer leicht: Nicht zu schnell, hier oben

ist die Luft schon recht dünn. Der Schnee ist hart, griffig, zwei, drei Fussspuren sind zu erkennen – du bist offenbar nicht der Einzige heute.

Schon bald wird der Weg etwas schmaler und steiler, bereits hat's einige vereiste Flächen, bei denen du sehr vorsichtig sein musst. Die letzten Bäumchen und Gebüsche lässt du hinter dir, und sobald du in den Bergschatten gerätst, wird's bitter kalt: Also die Kapuze festgemacht und die Hände in die Ärmel gesteckt.

Erste Passage hundertfünfzig Meter oberhalb des Parkplatzes: Winken, wunderschöne Aussicht hier oben. Und weiter geht's, nicht steil, nicht schwierig, nicht zu kalt.

Zweite Passage mit rund zweihundertfünfzig Metern Höhendifferenz: Du siehst das kleine, weisse Auto, winkst aber nicht, denn du musst dich auf jeden einzelnen Schritt konzentrieren – ein Sturz wäre fatal, das Gelände fällt steil hinab.

Jetzt verschwindet der Pfad hinter dem Berg, der Schatten kommt, ein Schneefeld – und ein unglaublich starker Windstoss, der dich fast wegfegt, der dich im Gesicht trifft wie tausend Rasierklingen, der dich zurückwirft, dich zwingt, vornübergeduckt im Schneckentempo vorwärts zu jöggeln.

Nach hundert Metern eine Linkskurve: Jetzt trägt dich der Sturmwind bergauf, du musst aufpassen, die nächste Kurve zu erwischen, musst dich vorwärtsschwebend rückwärts gegen den Wind stemmen. Und nun überlegst du dir zum ersten Mal: Umkehren oder nicht umkehren? Noch eine solche Sturmattacke und du bist erfroren, weggeblasen, abgestürzt.

Dritte Passage: Wunderbar, wie die Sonne dich erwärmt, und tief-tief unten das kleine, zweihundertplätzige Parkplätzchen – und das Autöchen ist schon nicht mehr zu erkennen.

Und erneut taucht der felsige, vereiste Schneepfad in den arktischen Bergschatten – und diesmal fegt dich der Sturmwind, der Orkan fast von den Schuhen: Dein Mund, deine Stirn, dein Kinn, deine Hände gefrieren augenblicklich zu Eis, du kämpfst dich Meter für Meter vorwärts bis zur Wende und brauchst nun sämtliche Kraftreserven zum Bremsen, damit du nicht im hundert-Meter-Tempo hinaufbraust und bei der nächsten Biegung hinaus- und hinabkatapultiert wirst.

Schon hundertmal habe ich bei Schnee, Eis und Wind trainiert, schon x-mal bin ich im Winter im Gebirge gejoggt, schon oft ist ein sibirischer Eiswind durch alle meine Knochen gebraust. Aber all das war nichts im Vergleich zur Überquerung der nächsten drei Schneefelder: Der arktische Orkan reisst dir die festgeschnürte Kapuze vom Kopf, zerrt an deinen Kleidern, deinem Körper, tief gebückt stolperst du unter Einsatz all deiner Kräfte vorwärts, der Atem gefriert dir in Mund, Nase und Lunge, und gleich fällst du hin, wirst tiefgefroren...

Und wieder und noch einmal und erneut schaffst du's bis zur Biegung und wieder fliegst du bergauf, wirst getragen zum Frühling, zur Sonne, zur nächsten Passage.

Jetzt verschwinden die Wolken, die den Gipfel umgeben, für den Bruchteil einer Sekunde und du kannst das Ziel deiner Schinderei erkennen: Höchstens zweihundert Meter fast waagrecht vor dir ragt ein mit Schneekristallen bedeckter Pfosten in die Höhe – bald hast du's geschafft!

Doch urplötzlich verschwindet alles in dichtestem Nebel, ein unglaublicher Sturm beginnt zu toben, peitscht dir Eispartikel ins Gesicht und deine Kleider scheinen gar nicht zu existieren, so unmittelbar und direkt spürst du die gläserne, klirrende, durch Mark und Bein fegende Kälte.

Du wagst noch zwei, drei Schrittchen Richtung Gipfel, bemerkst, dass alle Steine vereist und spiegelglatt sind, machst rechtsumkehrt und triffst eine halbe Stunde später unterkühlt und glücklich auf dem Parkplatz ein.

Heute hingegen weder Angst noch Probleme beim Joggen: Sechs Mal bist du um den kleinen Lake gerannt und von überall her hattest du Sichtkontakt.

Mit deinem Mobilhome.

24. Oktober 2000

Der Autor vor dem Start auf den Lassen Peak.

11 Arbeitsbedingungen

Die Arbeitsbedingungen hier in California sind miserabel.

Hundsmiserabel.

Meist besteht mein Arbeitsplatz aus einem kleinen, quadratischen Tischchen mit einem einzigen, im Boden verankerten Tischbein, einer weich gepolsterten Sesselecke, zu der auch eine Lehne gehört, die mir aber nichts nützt, da ich, wenn ich mich bis zu dieser schulterhohen Rückenlehne zurücklehnen würde, das Tischchen, auf dem mein tragbarer Computer, ein i-Book der inzwischen nur noch zweitneusten Generation, steht respektive liegt, nur knapp erreichen könnte, was wirklich noch unbequemer wäre als die Arbeitshaltung, die ich üblicherweise – gezwungenermassen – einnehme: Das rechte Bein über das linke geschlagen, so dass es mir regelmässig das Blut abstellt und es im linken Fuss kribbelt und ich die Sitzposition ändern muss, derart, dass nun das rechte Bein über dem linken liegt, der Rücken leicht gekrümmt, was jeweils nach etwa zehn Minuten zu Rückenbeschwerden im Bereich des dritten oder vierten Lendenwirbels führt, denen ich mit bereits automatisierten Wirbelsäulenmuskel-Dehn- und -streckübungen begegne, und leicht herunterhängenden Schultern, die eine Nackenverspannung bewirken, die sich erst beim nächsten Jogging wieder halbwegs lösen lässt, einer sehr schlechten, fest montierten, nicht sehr hellen Lampe, die zudem so schlecht platziert ist, dass bei aufgeklapptem Notebook die Tastatur im Schatten liegt, einem gelb gesprenkelten, meist ziemlich schmutzigen Plastikboden mit quadratischem, unschönem Muster, einer Gasheizung, die heisse, trockene Luft in den kleinen, äusserst beengenden, völlig überfüllten, meist unaufgeräumten Raum bläst, der sofort, wenn das Gebläse stoppt, wieder abkühlt, so dass die Zimmertemperatur nie stimmt und es deshalb auch dann nie wirklich gemütlich und bequem wäre, wenn die Raumgrösse auch noch einigermassen akzeptabel wäre, mehreren, mit dicken Vorhängen verhüllten, kleinen, einfach verglasten Fensterchen mit Metallrahmen, einem dünnen, plastifizierten, leicht gekrümmten, dünnen, überhaupt nicht isolierten Wändchen, einer niedrigen Metalltüre, die sich direkt hinter meinem Rücken befindet und eine kühle Feuchtigkeit ausstrahlt, die die Sitzbeschwerden wesentlich verstärkt, und einer teils hölzernen, teils mit Stoff gepolsterten Decke, die mir buchstäblich auf den Kopf fällt:

Aufrecht zu stehen in diesem Kabäuschen ist gar nicht möglich, und wenn ich meinen kalifornischen Arbeitsplatz verlassen will, so kann ich das nur in geduckter Haltung tun, zum Beispiel dann, wenn ich die Toilette aufsuchen muss, was sehr umständlich und zeitraubend ist, da sich diese, wie auch schon erwähnt, mindestens hundert Meter entfernt in einem anderen Gebäude befindet.

Und wenn schon die räumlichen Bedingungen völlig inakzeptabel und himmelschreiend schlecht sind und

keine einzige der in der kalifornischen Arbeitsplatzge-
setzgebung verankerten Vorschriften einhalten – die
zeitlichen Bedingungen sind noch viel miserabler:

Selten ist es mir erlaubt, dann zu arbeiten, wenn normalerweise die meisten der Berufstätigen ihren Job
ausüben. Tagsüber zwischen acht und zwölf a.m. und
zwei und fünf p.m. gelingt es mir oft nur mit grösstem
emotionalem Aufwand und Einsatz, ein bis maximal
drei der vorgeschriebenen sieben Arbeitsstunden hinter mich zu bringen, Arbeitsstunden, die zudem mit
grössten physischen und psychischen Strapazen verbunden sind:

Während ich mich bei einem Teil der Arbeit nach getaner, einstündiger Pflichterfüllung unter freiem Himmel und bei jedem Wetter völlig erschöpft, schweiss-
nass, verdreckt und unterkühlt unter der Dusche, die
nur warm ist, wenn ich vorher mindestens zwei bis drei
Quarters in einen Schlitz gesteckt habe, und bei einer
selbstverständlich selber bezahlten Tasse selbstverständlich selber gemachten Tees oder Kaffees erholen
muss, was selbstverständlich nicht mehr als Arbeitszeit gilt, besteht der andere Teil der während des Tages
möglichen zu erledigenden Arbeit darin, entweder unter Einsatz dreier Leben ein etwa sieben Meter langes
und etwa zwei Meter dreissig breites, tonnenschwe-
res Fahrzeug über Berg und Tal, durch Stadt und Land
und zwischen Hunderttausenden von anderen grösseren und kleineren, schnelleren und langsameren Fahrzeugen hindurch zu manövrieren und Dutzende von
Meilen zurückzulegen oder mit allergrösster Konzen-

tration mithilfe klitzekleiner, kaum lesbarer, unvollständiger Kartenausschnitte der Frau am Steuer jeweils die Richtungsänderungen anzugeben und gleichzeitig auf die rechts überholenden oder überholten Fahrzeuge und das links im Kindersitz eingeklemmte und weinende oder schreiende oder spielende oder singende oder schlafende Kleinkind zu achten und zum Schweigen, zum Spielen, zum Beobachten, zum Singen oder Zuhören zu bringen, was meist alles andere als einfach und immer mit allergrösstem Stress verbunden ist, so dass ich auch hier nach getaner Arbeit völlig entnervt und erledigt eine halbe bis eine ganze Stunde ebenfalls nicht als Arbeitszeit anerkannte Erholung benötige.

Weitaus am öftesten aber bin ich gezwungen, mitten in der Nacht unter – wie am Anfang beschrieben – katastrophalen, unmenschlichen Verhältnissen zu arbeiten.

Heute zum Beispiel konnte ich erst – jetzt gerade ist es ein Uhr dreiundfünfzig a.m. – um elf Uhr null acht p.m. beginnen, und zwar in erster und zweiter und dritter Linie deshalb, weil mein Arbeitskämmerchen gleichzeitig noch als Schlafzimmer, Kinderzimmer, Esszimmer, Wohnzimmer, Spielzimmer und Küche dient und ich mich erst auf meine Sesselecke setzen, das i-Book öffnen und mit Schreiben anfangen darf, wenn das Geschirr und das Besteck und die Pfannen abgewaschen, abgetrocknet und versorgt, die Klappbetten aufgeklappt und gemacht, die herumhängenden Kleider und -liegenden Schuhe einigermassen verstaut, die nassen Frottiertücher und Schweisssocken, die verschwitzten T-Shirts und Turnshorts irgendwo aufgehängt, der Herd und der Boden einigermassen sauber sind und die übrigen zwei Leutchen, mit denen ich diese erbärmlichen sechs bis sieben Quadratmeterchen teile, tief schlafen, was lange dauern kann, vor allem dann, wenn das Kleinkind seinen Mittagsschlaf erst von vier bis sechs p.m. gehabt und vor dem Einschlafen noch ein Schöppchen, ein Liedchen, noch ein Geschichtchen, ein Bärchen, Blöckchen oder Zündhölzchen gewollt hat.

Und wenn ich dann um drei Uhr a.m. todmüde in mein Bettlein direkt unter dem Wohnmobildächlein falle, dann stell ich mir vor, wie schön es jetzt doch wäre zu Hause in der Schweiz:

Schöne, grosse, helle, hohe, angenehm warme, gut isolierte Arbeitsräume und regelmässige Arbeitszeiten zwischen acht a.m. und fünf p.m.

26. Oktober 2000

67

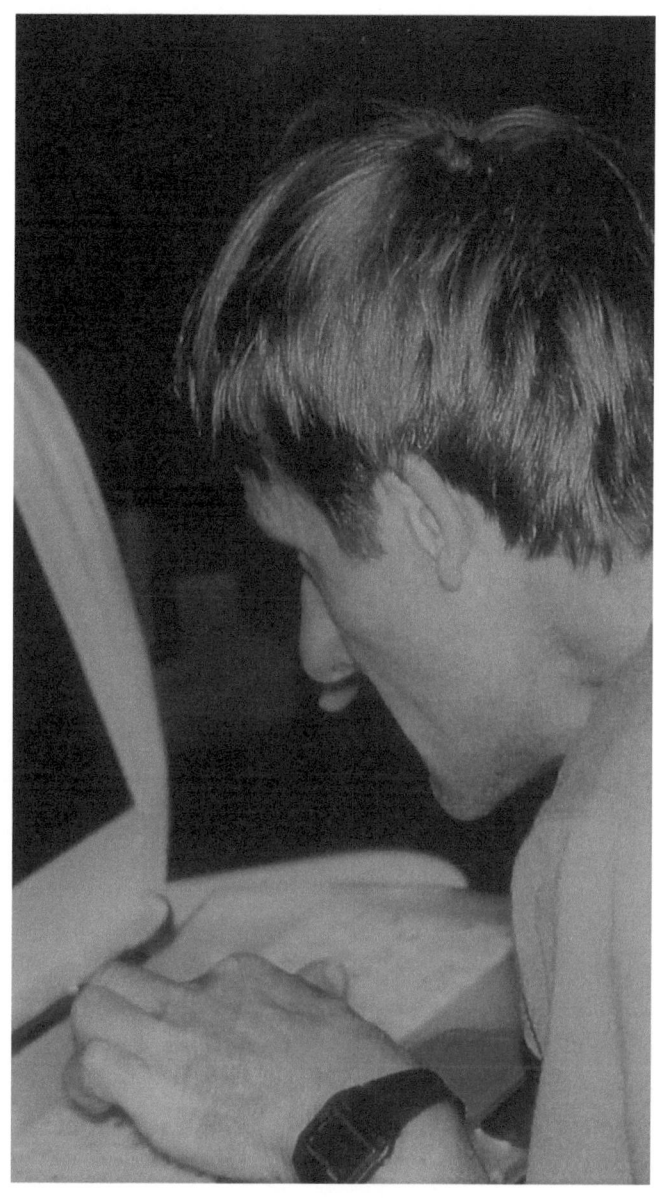

Kaum zu ertragende, miese Arbeitsbedingungen herrschen im kalifornischen Mobilhome...

12 San Francisco

Alle kennen San Francisco, die Golden Bridge, die Erd-
bebengefahr.

Eine riesige Stadt mit Wolkenkratzern, Millionen von
Touristinnen und Touristen, Cable Cars.

Einer funktionierenden U-Bahn, mehreren Tageszeitungen, einem Zoo.

Seehunden.

Dem Museum of Modern Art.

Architekt: Mario Botta.

Also: Eine Weltstadt.

Beim Civic Center entsteigst du per Rolltreppe der
BART-Station, stehst dann auf einem breiten Trottoir
bei einer grossen Kreuzung, spannst den schwarzen
Schirm auf:

Es regnet in Strömen einen feinen Nieselregen und ein
böiger Wind zerrt an Knirps und Regenjacke und schon
nach wenigen hundert Metern sind Schuhe und Jeans
so nass, dass du ein Geschäft mit Halloween-Artikeln,
Geburtstagskarten und Äpfeln betrittst, etwas zwischen den Regalen herumirrst, nichts kaufst und ein
wenig trockener den Store wieder verlässt.

Jetzt giesst es wie aus Kübeln, die Menschen suchen

Schutz unter Vordächern, Sonnenstoren, in Eingängen, Durchgängen, Passagen, flüchten sich in Fast-Food-Lokale, Buswartehäuschen, Läden, Einkaufszentren.

Unschlüssig wartest du eine Weile, links und rechts spritzt das Regenwasser, kleine Bäche huschen den Trottoirrändern entlang, Busse, Autos, Trams fahren, einer überquert rennend und schirmlos die Market Street, die tausend Zeitungsautomaten verschwinden im Dunst- und Regenschleier.

Nach einem Abstecher in eine Art grossen Kiosk mit Kaffeeausschank, Schokolade-, Getränke- und Zeitschriftengestellen, in dem du einen Sport- und Energieriegel kaufst, der zur Hauptsache aus einer Art Ovomaltineschokolade besteht, kehrst du zurück in den US-Regentag.

So eine Schande, denkst du.

Was ist das für ein Staat, denkst du.

Wie ist sowas möglich in einer derart reichen Stadt, in der alle mit fünf Kreditkarten herumlaufen.

Denn was dir auffällt, sind nicht die riesigen, protzigen Paläste, die goldenen Schrifttafeln, die geschniegelten Damen und Herren.

Was dir zu denken gibt, sind die vielen Obdachlosen, die Bettlerinnen und Bettler, die Clochards, die Abgestürzten, Ausgesteuerten, Heimatlosen, die zu Hunderten diese Market Street bevölkern, dich all zehn Meter anbetteln, einen McDonald's-Becher hinstrecken, irgend etwas murmeln, viele ausgemergelt, krank, torkelnd, hinkend, vor allem aber liegend und sitzend auf Kartons, Plastik, schmutzigen Schlafsäcken, Teppichresten, alten Wolldecken.

Die Armut springt dich an, als wärst du in Mexiko, vor dem du gewarnt wurdest: Geh nicht nach Mexiko, dort sind alle so arm, dass du's nicht aushältst.

Ein alter Mann, der dein Vater sein könnte, schleppt sich von Abfallkübel zu Abfallkübel, wühlt darin herum, steckt die gefundenen Getränkedosen in einen grossen Abfallsack, den er auf dem Rücken trägt, schlurft weiter: Fünfundsiebzig Jahre auf dem Buckel und zweihundert Aluminiumdosen...

Hat es dieser Alte, der ein Amerikaner ist wie Clinton, Gore oder Bush, verdient, so in der Gosse zu enden, so sein amerikanisches Leben abzuschliessen, so eines Morgens an einem Strassenrand mitten in San Francisco tot zusammengelesen zu werden? Ist dieser alte Mann selbst schuld, dass er jeden Tag von Neuem ums Überleben kämpfen muss?

Links strahlt die American Bank, rechts das San Francisco Shopping-Center, vorne das Trade Center, hinten ein gigantisches Juweliergeschäft.

Wie können es die Reichen und Superreichen, die Politikerinnen und Politiker, die Millionen in ihre Wahlkämpfe stecken, die Amerikanerinnen und Amerikaner zulassen, dass mitten in ihrem Überfluss das nackte Elend herrscht, dass Hunderttausende und Millionen unter dem Existenzminimum leben, unter erbärmlichsten Verhältnissen dahinvegetieren müssen?

Stirbt das Hündchen einer begüterten Dame: Für dieses traurige Ereignis gibt's eine Spalte in der hiesigen Zeitung – ein Nachruf, eine Todesanzeige erscheint und der Schmerz wird öffentlich.

Stirbt ein Bettler in San Francisco, wird er entsorgt wie Abfall: Rubbish to Rubbish, Litter to Litter.

Denn das fällt auf: Nicht das Schicksal dieser himmeltraurigen Gestalten stört die vorbeieilenden, lachenden, konsumierenden, foodenden Menschen, sondern dass diese Kreaturen überhaupt existieren und mit ihrer Existenz das grossartige Bild der Weltstadt S. F., den zur Schau getragenen grossartigen Reichtum, den postkartenblauen Himmel über der Golden Gate Bridge besudeln.

Der amerikanische Staat fährt in diesem Jahr einen Gewinn von mehreren hundert Milliarden Dollar ein.

Das Bruttosozialprodukt steigt ins Unermessliche.

Wie hüpft das Herz dieser Verlorenen ob dieser Aussichten...

Und du?

Du gehst vorbei wie in einem Film.

Spendest keinen Nickel.

Hast keinen Dime oder Quarter übrig.

Und für vier Dollar und achtzig Cents kaufst du dir ein Käsesandwich.

Mit Lettuce.

29. Oktober 2000

Dieser Gegensatz: Oben die Skyline, unten die Bettlerinnen und Bettler...

13 Mastercard

Mit bist du der King.

Ohne ein Nichts.

Das merkst du, sobald du keine mehr hast.

Mir passiert.

Gestern.

«Can I pay with my credit card?», fragst du, weil du siehst, dass das Bündelchen Papier keine zwanzig Dollar mehr sind.

«Of course», sagt der Mann hinter dem Schalter und zeigt auf den Geldautomaten, der einen Meter rechts hinter mir steht.

Also dreh ich mich um, nehm die goldene Master Card heraus und will sie reinstecken.

Will, denn das Credit-Card-Fächlein in meinem Geldbeutel ist leer.

Empty.

Completely.

Während das Cash-Abteil überquillt, gähnt ein Riesenloch im anderen.

Mein Gott! Eben hatte ich sie doch noch! Eben war sie noch da! Eben wollte ich noch bei einem Automaten vorbei und mir etwas Papiergeld besorgen!

Ich greife in meine vier Hosensäcke, in die zwei Jackentaschen, in die Rucksackaussenfächer, fingere im Portemonnaie herum und bin verzweifelt: Leer! Mein ganzes Geld ist weg! Mein Vermögen!

Verschwunden, verloren, gestohlen, geklaut, entwendet, nicht mehr aufzufinden!

Ich dreh mich um, stürze hinaus, gehe zurück in die Richtung, aus der ich kam, suche den Boden ab, halb rennend, halb eilend, schaue links und rechts, erinnere mich, dass ich dort in diesem Laden für einen Dollar und neunundsiebzig Cents einen Energieriegel gekauft habe, überquere die Strasse, obwohl die Warnung aufleuchtet: «Wait! Don't walk!», haste in den Laden, geh zur Kasse, frage: «Did you find a credit card? I lost mine here one hour ago!»

Und der Mann weist freundlich auf einen dieser Kreditkartenautomaten, die es hier gibt wie Sand am Meer. Ebenso freundlich missverstehe ich, halbwegs erleichtert: Da, auf diesem Kasten wird sie liegen, aufgelesen von einem freundlichen Käufer, einer ehrlichen Angestellten.

Aber natürlich ist da nichts als die blanke Geldmaschine – keine Kreditkarte weit und breit.

Schnell kehre ich zurück, erklär's nochmal: «I lost my credit card here, about one hour ago. Did anyone find it?»

Nun scheint er zu verstehen, verlässt die Kasse, kommt durchs Türchen zu mir, fragt, wo ich überall gewesen sei, ich erklär's ihm, und gemeinsam suchen wir.

«I lost three cards», fahre ich weiter, denn auch die Krankenkassenausweiskarte und die Phonecard sind verschwunden. Es war mir noch so gewesen, als ob es irgendwo «Plopp» gemacht hätte, nachdem ich bezahlt, den nassen Schirm, den nassen Rucksack, den Schokoriegel und den offenen Geldbeutel gepackt hatte und gegangen war. Eine Art «Plopp», was ich angesichts des Regens und des Verstauens von Schirm und Portemonnaie und des Öffnens und Entsorgens der Energiestängel-Verpackung sofort wieder vergessen haben musste.

Nicht lange ging's und – «Here you are!» – streckte er mir den Krankenkassenausweis entgegen, mit dem ich problemlos einige Tage in einem der teuren amerikanischen Spitäler verbringen könnte. Viertelglücklich steckte ich ihn ein, dankte und fand, das sei der Beweis dafür, dass ich meine goldene Master Card wirklich hier in diesem Lokal verloren haben musste.

Weitersuche.

Erfolglos.

Absuchen des ganzen Areals, wo ich mich hätte aufgehalten haben können. Nichts.

«You must cancel your card as fast as you can!», riet mir der Mann, der nun überzeugt war, dass sie jemand «picked up» und eingesteckt und mitgenommen hatte. Dann rief er die Angestellten, die beide beteuerten, sie hätten nichts gefunden, und mich zutiefst bedauerten: Es täte ihnen wirklich leid, dass mir das passiert sei, und sie verstünden vollkommen, dass mir das zu Herzen gehe. Auch sie suchten noch etwas herum, während ich einen zufällig dabei stehenden Kunden fragte, ob er nicht auch eine Master Card habe, meine sei mir eben abhanden gekommen und ich wisse die Nummer des Master-Card-Services nicht. Worauf auch er mich bedauerte und mir zwei zehnjährige Telefonkarten zustreckte, mit denen ich in der Lage wäre, je zweimal eine Minute zu telefonieren, um so die Master-Card-Service-Nummer herauszufinden.

Der Mann an der Kasse offerierte mir, sein Telefon zu benutzen, nannte mir eine dreistellige Telefonnummer, die ich einstellte und bei der sich bald eine Tonbandstimme meldete, die mir mitteilte, dass ich eine bestimmte Zahl drücken müsste, wenn ich diesen oder jenen Dienst in Anspruch nehmen wolle. Was ich tat, worauf sich nach einigem Warten jemand meldete, der bereit war, die Vierundzwanzig-Stunden-Master-Card-Service-Nummer herauszufinden.

Als ich endlich im Besitz dieser Nummer war, die ich mir zweimal diktieren lassen musste, da ich das erste Mal noch nichts zum Schreiben hatte, konnte es richtig losgehen, und weil rings um mich herum ziemlich laut gesprochen wurde, musste ich jedesmal mindestens zweimal das ganze Band abhören, bis ich in der Lage war, etwas zu verstehen oder zu erkennen, ob jetzt eine Konserven- oder eine echte Stimme mit mir sprach:

- Englisch oder Deutsch?

- Fall 1, 2, 3, 4, 5 oder 6? («Lost credit card» war number 2.)

- Ich müsse mich noch etwas gedulden und warten, bis jemand frei sei.

- Weibliche, nette, verständnisvolle Stimme, dann die Frage nach der Kreditkartennummer, die ich nicht hatte, da sich diese ja auf der Kreditkarte, die ich nicht mehr hätte, befände, dann die Fragen nach der Bank, die mir die Karte ausgestellt hatte, nach Name, Passnummer, Geburtsdatum, Adresse in der Schweiz, Adresse in den USA, nach Telefonnummern hier wie dort und nach der Dauer des Aufenthalts in den USA, und dann der freundliche Abschied mit dem Hinweis, sie verbinde mich nun mit einer Person oder einer Nummer, die meine Master Card «canceln» könne, so dass mein Konto, das noch offen wie ein Scheunentor sei und sicher bereits um Tausende von Franken erleichtert respektive überzogen wäre, gesperrt werden könne, worauf nach einigen Minuten Wartezeit das gleiche Frage- und Antwortspiel erneut losging und mir am Schluss dieser Telefon-Dreiviertelstunde zwei Zahlenreihen diktiert wurden, mit deren Hilfe ich in der Lage sein würde, eine «emergency-card» zu beantragen.

Darauf ging ich, nachdem ich mich bedankt hatte, obwohl mir in diesem Geschäft die Kreditkarte abhanden gekommen war – vielleicht war's ja wirklich jemand vom Personal gewesen: Konkret verdächtigte ich einen der Männer, die offenbar fürs Putzen, Auf- und Einräumen zuständig waren und von denen ich einen kurz befragt hatte, worauf der Kassenmann meinte, der verstehe kein Englisch, der und die anderen seien Mexikaner.

Danach irrte ich noch etwas verloren und in Gedanken bei meinem Geld, das nun wahrscheinlich von mexikanischen, unter Todesgefahr illegal eingeschleusten Flüchtlingen, die hier überall zu lächerlichen Hungerlöhnen schwarz arbeiten, verprasst wurde, im Städtchen und in den zehnstöckigen Einkaufscenterchen herum und traf erst nach Einbruch der Dunkelheit beim Haus meines Schwagers in Oakland ein.

Am Abend dann unterhielt ich mich ein weiteres halbes Stündchen mit den Leutchen des Vierundzwanzigstundenmastercardservices und morgen bis spätestens halb elf Uhr a.m. würde ich dann wieder eine haben.

Eine «mäster cärd».

Bis dann muss ich mit meinen 14 Dollar und 78 Cent auskommen.

29. Oktober 2000

Die Weltstadt San Francisco hat ein Armutsproblem – trotz
aller Wolkenkratzer.

14 Shopping

Wer zum erstenmal einen jener zahlreichen Lebens-mittel-Supermärkte betritt, den oder die haut es fast um:

Endlose, meterhohe Regale, vollgestopft mit Food, Früchten und Gemüsen, mit Waschmitteln, Geburts-tagskarten, Zahnpasta und Eierlikör.

Hundert Meter Kaffee- und Kaffee-ähnliche Produkte: Bleib stehen und wähl aus!

Was du tust und vor Staunen bleibt dir der Mund offen: So viel Kaffee wie hier in einem einzigen Geschäft zum Verkauf angeboten wird, kann in einer ganzen Stadt in einem ganzen Jahr nicht getrunken werden, glaubst du, und du brauchst eine volle Viertelstunde, bis du dich durchringen kannst, ein kleines Gläschen «Folgers Aroma Roasted» für 3.89 in den überdimensionierten Einkaufswagen zu legen.

Gleich ergeht es dir bei den Teigwaren, wo zwar eine beschränkte Auswahl an Sorten, aber eine Riesenmenge an Marken und Fertigprodukten zur Verfügung steht.

Zweihundert Meter Süssigkeiten, hundert Meter Milchprodukte – sogar Bio-Milch ist zu haben –, hundert Meter Brote, zum grössten Teil weiches, fast matschiges Schaumgummibrot, das in den Plastikbeuteln jahrelang haltbar zu sein scheint und das nur knusprig und damit geniessbar ist, wenn man es im Toaster dunkelbraun grilliert – bis es steinhart ist –, zu einem verschwindend kleinen Teil Frischbrot: Sauerteigiges, New Yorker Vollkorn, italienische, französische Spezialbrote zu überrissenen Preisen.

Automatische Sprinkleranlagen besprühen stundenlang hundert Meter lange Gestelle voller Salate, Kartoffeln, Tomaten, Auberginen, Zwiebeln, Bohnen, Peperoni, Orangen, Birnen etc. und blinkende Gutscheinautomaten machen alle zwanzig Meter auf Sonderangebote aufmerksam, schreckliche Halloweenmasken kreischen, brabbeln oder grölen irgendeinen unverständlichen Halloweenspruch, sofern du auf einen dunklen Knopf oberhalb des rechten Auges drückst, und hundert Meter sind den Medis gewidmet:

Was in der Schweiz vierzig Franken kostet, ist hier nicht teurer als zwei bis drei Dollar. Die Auswahl an Schmerzmitteln, Fieberzäpfchen, Hustensirups, Grippepastillen, Tranquilizern, Vitaminpräparaten, Energie-, Kreislauf- und Entschlackungstabletten ist gewaltig, und wenn meine Mutter in der Schweiz mithilfe eines teuren ärztlichen Rezepts in einer teuren Apotheke ein einziges, unglaublich teures Arthrosemedikament erhält, das ausserdem nichts nützt, so stehen hier allein auf dem Arthrosesektor gut und gern zwanzig verschiedene, allesamt wahnsinnig günstige Produkte zur Auswahl: Die medikamentenabhängigen Schweizerinnen und Schweizer würden jubeln vor Freude und die schweizerischen Krankenkassen könnten ihre Tarife senken, jedenfalls an jenen Orten, die so gross sind, dass sich dort ein solcher Koloss von Foodstore rentieren würde und sofern es die schweizerische Gesetzgebung zuliesse, amerikanische Medis wie gewöhnliche Lebensmittel und Konsumgüter zu verscherbeln.

Und wenn du dich nach anderthalbstündigem Einkaufsmarathon durch diesen gigantischen Food- und Nonfood-Gigamarkt hindurchgekämpft hast und schweissgebadet bei einer der fünfzig Kassen eintriffst, dann kannst du nur staunen, wie schnell du an die Reihe kommst, wie schnell alles digital erfasst, sauber aufgelistet und – sofern du eine Kreditkarte hast – bezahlt und wie schnell alles eingepackt ist:

Denn hier bist du nicht allein, hier musst du nicht das Kleinkind auf den Schultern jonglieren, mühsam im Geldbeutel das Geld zusammenkratzen und einhändig möglichst schnell das Eingekaufte in mitgebrachte Taschen oder Rucksäcke stopfen, sondern hier darfst du die Waren gleich sauber und ordentlich in zehn Plastiksäcken verpackt in Empfang nehmen, weil hier an den amerikanischen Kassen der amerikanischen Supermärkte amerikanische Angestellte bereit stehen, um deinen Einkauf auf amerikanische, freundliche und hilfsbereite Weise ab- und einzupacken.

Wie im Paradies, denkst du.

Wie im Paradies.

30. Oktober 2000

Das «Einkaufserlebnis» in amerikanischen Megastors ist gigantisch – nicht jedoch hier in diesem Mini-US-Store.

15 Laguna del Sol

Mitten in Kalifornien, in der Nähe von Sacramento, gibt es einen Ort, der diesen Namen trägt:

Laguna del Sol.

Sonnenlagune.

Spanisch.

In einem Dorf, das Wilton heisst und fast so gross ist wie bei uns ein Bezirk, aber nur so wenige Einwohnerinnen und Einwohner hat wie ein Dorfquartier, d.h. wo die Häuser sehr weit auseinander liegen, ebenso wie die paar wenigen Geschäfte, so dass man ohne Auto verloren ist, da, wer shoppen will, mindestens zwanzig Meilen zurücklegen und mindestens anderthalb Stunden unterwegs sein muss, hier also liegt

Laguna del Sol.

Ein fünfzig Hektaren grosses Gelände mit kleinem See und Pedalos und Ruderbooten drauf und einer kleinen Insel mittendrin, einem grossen, modernen Hallenbad, zwei Freibädern, mehreren Whirlpools, Tennisplätzen, Volleyballfeldern, einem Restaurant, einer Bar, einem Clubhaus, einer Sauna, Kinderspielplätzen, einem grossen Eingangstor, das sich nur mit einem dreiziffrigen Geheimcode öffnen lässt, einer Disco, Rasenflächen, Parkplätzen, Fusswegen, kleinen, geteerten Strassen, vielen Golfwägelchen und Hunderten von riesigen

Wohnmobilen, die zum Teil so um- und ausgebaut sind, dass sie wie kleine Ferienhäuser oder schmucke Einfamilienhäuschen oder originelle Minivillen aussehen und zusammen ein kleines, nettes, hübsches Dörfchen bilden, das – vor allem Ende Oktober nach dem Eindunkeln – absolut sehenswert ist:

Fast in jedem Fenster, in jedem Vor- und Seitengärtchen, an jedem Sträuchlein, Büschlein oder Bäumlein hängen, stehen, liegen, leuchten und strahlen sie, die farbigen und elektrischen Halloweenhexen, Halloweengeister, -spinnen, -kürbisse, -monster, -draculas.

Und da fällt dir die Adventszeit in der Schweiz ein, wo in deiner damaligen Wohngemeinde jeden Abend ein neues Adventsfenster aufging und leuchtete und du mit deinen zwei drei- bzw. achtjährigen Söhnen täglich einen sinnvollen und spannenden Abendspaziergang machen konntest.

Das Gleiche kannst du auch hier mit deinem dritten, inzwischen zweieinhalbjährigen Sohn tun, der vor allem die vielen gelb leuchtenden Gerippe und Totenschädel begeistert betrachtet und kommentiert.

Und das Seltsame dabei ist: Er ist das einzige Kleinkind weit und breit. Und auch wir sind die weitaus Jüngsten hier – abgesehen vom wenigen, teilweise sehr freundlichen, teilweise aber auch mürrischen Personal, das unter fünfzig sein dürfte, also weniger alt als ich. Die Altersstruktur dieses Ferienaltersheims gerät erst an den Wochenenden aus den Fugen:

So ab Donnerstagabend treffen die ersten gewaltigen Wohnbusse ein, die alle mindestens doppelt so lang und anderthalb mal so hoch sind wie unser bescheidenes Mobilheimchen. In Reih und Glied werden sie dem Seeufer entlang aufgestellt, an Strom, Wasser und Kanalisation angeschlossen – und dann kann das Weekend beginnen. Und jetzt hat's plötzlich auch Jüngere, und sogar Kinder sind darunter.

Und Ende Oktober bereiten sich alle auf das grosse Halloweenfest vor, das hier in diesem Feriendörfchen nicht erst an Halloween, also am Dienstagabend, stattfindet, sondern bereits am Samstag, weil ja am Dienstag nur mehr die alten Leutchen hier sind und dann wahrscheinlich in Form eines Altersheimabends in privatem Rahmen dieses keltisch-heidnischen Dämonenvertreibbrauchs gedenken.

Leider haben wir die Halloweenorgie, die hier in Laguna del Sol abgegangen sein muss, verpasst, weil wir bereits am Samstagvormittag in aller Fraugöttinnenfrühe wieder abreisen mussten.

Einen kleinen Vorgeschmack davon, wie Halloween in dieser Alterssiedlung an diesem schönen See vermutlich gefeiert wurde, erhielten wir allerdings schon am Freitagabend.

Meist nur leicht bis sehr leicht bekleidet schwangen ältere, jüngere und ganz junge Semester in der farbig beleuchteten Disco mit Bar die Tanzbeine, und da unser Söhnchen noch nicht 21 Jahre alt und also noch nicht berechtigt ist, eine Bar zu betreten, waren wir dazu verdammt, das Geschehen durch die riesigen Fenster zu verfolgen.

Mehrere der Tanzenden waren sogar nur mit einem T-Shirt oder gar gar nicht bekleidet. Wie übrigens auch während des ganzen Tages von frühmorgens bis spätabends.

Denn Laguna del Sol ist ein kalifornischer FKK-Campground.

Nämlich.

1. November 2000

Paradiesisch: FKK-Campground Laguna del Sol.
aus: Flyer 2000, «Laguna del Sol», 8683 Rawhide Lane, Wilton, CA 95693

16 Post

Dias sind heute out.

Weder lassen sie sich digital bearbeiten, noch gibt es Leute, die sich Dias gerne ansehen, weder lassen sie sich sicher und ordentlich aufbewahren, noch existieren fehlerfreie Projektoren.

Trotzdem habe ich in der Schweiz sechs Diafilme gekauft à sechsunddreissig Aufnahmen, Entwicklung und Rahmen eingeschlossen:

Du brauchst nichts anderes zu tun, als den belichteten Film ans Kodak-Labor in Lausanne zu schicken und bereits fünf Tage später kannst du sie zu Hause an die Wand werfen, sortieren, einordnen, seiten- und spiegelverkehrt in ein Fünfziger- oder Zweiundsiebziger-Magazin stecken, falls du noch eines hast; falls nicht, leerst du halt eines oder zwei volle und schmeisst diese Dias von irgendeiner Schulreise, einem Klassenlager oder einem Ferientrip unsortiert in ein C5-Couvert, klebst es zu und legst es in irgendeiner Schachtel, die du sofort wieder vergisst, im Keller ab, so lange, bis genau diese Schachtel zufälligerweise einmal wegen einer Überschwemmung, verursacht durch ein Leck in der Waschmaschine, in einem Wasserrohr oder einem Heizkörper, vollkommen durchnässt wird und du nachher sämtliche farbigen Lichtbilder, die nun nicht mehr farbig, sondern bis zur Unkenntlichkeit verwaschen, verschmiert und nicht mehr zu gebrauchen sind, leichten Herzens entsorgen kannst.

Falls dir die Aufbewahrung gelingt und du Glück hast, erhältst du eventuell die Gelegenheit, die Lichtbilder zum ersten und gleichzeitig letzten Mal irgendwelchen gähnenden Leuten vorzuführen: «Hier – das bin respektive war ich auf dem Lassen-Volcanic-Parkplatz auf 2500 Metern über Meer, und hier, das sind – wenn man genau hinschaut – einige Seehunde draussen auf einer felsigen Insel weit draussen im Meer, und das hier, das bin wiederum ich, sitzend vor meinem i-Book am Tischchen im Wohnmobil, mitten im Wald des Jedediah National Parks mitten in der Nacht am Arbeiten...»

Vier solcher Dia-Filme hatte ich bereits voll, der Kamera entnommen, abgepackt und adressiert, und bei der nächsten Gelegenheit wollte ich sie von Kalifornien aus nach Lausanne schicken, von wo sie dann etwa eine Woche später als gerahmte Diasammlung bei mir zu Hause an meinem Wohnort eintreffen würden, wo ich sie dann nochmals sechs Wochen später nach meiner Rückkehr mit grosser Freude und Spannung auspacken und betrachten können würde.

Also nahm ich die vier Filme, einzeln verpackt in vier gelben, sicher verschlossenen Spezialcouverts, in meinem Rucksack mit nach San Francisco, wo ich zuerst die City Hall, eine Mischung aus Petersdom und Bundeshaus, besuchte und danach das erstbeste Postgebäude betrat, das mir über den Weg lief.

Wo ich dann die nächste Stunde verbrachte.

Innen hatte es fünf Schalter, zwei Schalterbeamte und eine Schalterbeamtin, während draussen im Vorraum etwa zehn Briefmarkenautomaten standen, die so kompliziert waren, dass ich mich nicht getraute, sie zu benutzen.

Zwei der Schalter waren unbedient, also «closed». Zwölf Personen warteten in einer recht langen Schlange vor mir, was, wie ich mir ausrechnete, bei drei Schaltern höchstens vier Minuten ausmachen würde.

Also begann ich zu warten und bemerkte jetzt, dass die bebrillte Frau gar niemanden bediente, sondern hinter dem «closed»-Schildchen in aller Ruhe und äusserst gemächlich ihre Briefmarken und Formulare und Prospekte und Klebe-Etiketten und Ein- und Auszahlungsscheine büschelte und sortierte und die immer länger werdende Warteschlange nicht zu beachten schien.

Ebenso gemütlich nahmen es die beiden anderen Postbeamten am ersten und am fünften offenen Schalter. Der eine war damit beschäftigt, einem jüngeren Kunden, der ein Fläschchen mit einem Softdrink in der Hand hielt und alle zwei, drei Minuten daran nippte, irgendetwas Wichtiges, das den Brief, den dieser verschicken wollte, betraf, mitteilte, schliesslich den ganzen Brief langsam packte, langsam in ein Plastikcouvert steckte und langsam begann, irgendetwas langsam auf den Briefumschlag und ein Formular, das zu diesem Umschlag gehörte, zu schreiben und dazwischen immer wieder auf den Bildschirm starrte, wahrscheinlich um nachzusehen, ob das heutige Datum immer noch das heutige und nicht etwa schon das morgige war, während der andere ebenso schleppend mit einem grösseren Paket kämpfte, schrieb, redete, Kleber aufklebte, mit einem Klebeband die Schachtel vorne und hinten noch besser und sicherer zuklebte, die Waage, den Computer und mehrmals einen Rechner, der sich in halber Höhe neben seiner rechten Hand befand, bediente und den rund vierzigjährigen, etwas rundlichen, braunhaarigen Postkunden immer wieder mit einem seltsamen und maskenhaften Beamtenlächeln, das mich an Loriot, wie er in einer ätzenden Szene einen typischen Staatsbeamten spielt, erinnerte, immer wieder auf diese oder jene postalische Bestimmung des tausendseitigen amerikanischen Mail-Gesetzeswerks hinzuweisen schien.

Nach fünf Minuten waren noch immer die gleichen beiden Personen an der Reihe, dafür warteten nun Leute bereits draussen vor der Tür darauf, von der US-Post bedient zu werden.

Zweimal verschwand die Beamtin, die die Wartenden keines Blickes würdigte, hinter einer Tür hinter den fünf Schaltern und erschien jeweils nach zwei bis drei Minuten wieder, um mit ihrer provokativen Pseudotätigkeit fortzufahren.

Die Leute in der Schlange verfolgten gespannt und geduldig die zeitlupenartige Abfertigung der Postkundinnen und -kunden – nur ich blickte mich suchend um nach Leuten, die wie ich das, was sich hier abspielte, als cabaretreife Zumutung empfinden würden, und eben wollte ich die hinter mir stehende Frau ansprechen und sie fragen, ob es sich hier um einen Streik, einen Bummelstreik handle, als ein Ruck durch die Menge ging und Kunde Nummer drei an die Reihe kam – natürlich erst, nachdem der erste Beamte ebenfalls eine dreiminütige Verschnaufpause hinter dem Schalterraum genossen hatte:

Vermutlich wurde im Fernsehen gerade ein Golf- oder Schachturnier, bei dem das Publikum vor Begeisterung raste, ausgestrahlt, oder der arme Mann schaute nach, ob der Restroom noch immer besetzt oder der Getränkeautomat noch immer defekt oder der Oberpostbeamte noch immer am Schlafen war.

Dann endlich, nach über einer halben Stunde, konnte die Nummer Dreizehn, nämlich ich, an den Schalter treten, und ausgerechnet ich hatte das Glück, der erste Kunde der Postbeamtin zu sein, die sich nun doch noch herabgelassen hatte, ein paar wenigen Wartenden eine Audienz zu erweisen.

Respektvoll, bescheiden und höflich legte ich die vier abgepackten Kodak-Film- und Foto-Entwicklungsservice-Beutel vor mich und sie hin, be- und andächtig nahm sie einen davon in ihre rechte Hand, drehte ihn um, las alles, was draufstand, legte ihn dann auf die Waage, tippte etwas in den Computer, drehte sich dann um, stöberte in den Papier- und Formularbeigen, die sie eben noch sortiert hatte, schien fündig zu werden, wendete sich wieder mir, ihrem Kunden, zu und äusserte zum erstenmal einen Laut, während sie mir vier weiss-grüne Formulare zuschob: «Sir, bevor Sie dies abschicken können, müssen Sie diese Formulare ausfüllen! – Next, please!»

Plötzlich hatte sie ein unheimliches Tempo eingeschlagen, und bevor ich noch fragen konnte, ob ich für die vier gleichen Filmtaschen viermal das gleiche Formular ausfüllen müsse, stand bereits die Frau, die hinter mir gewartet hatte, neben mir und wollte bedient werden.

Es gelang mir noch, einen Kugelschreiber zu ergattern, und dann schrieb ich fast eine Viertelstunde lang, was das Zeug hielt:

Ich beschrieb den genauen Inhalt des Kodak-Diafilm-Beutels, schrieb genau das, was alle denken, was drin ist, wenn sie einen solchen Beutel sehen, nämlich:

«1 Kodak-color-slide-film».

Ich bestätigte mit meiner Unterschrift und dem aktuellen Datum, dass der Inhalt des Umschlags weder gefährlich noch staatszersetzend sei.

Ich notierte die Adresse, an die der Film gesandt werden sollte.

Ich hielt den Absender fest, d. h. gab die Adresse an, an die die entwickelten und gerahmten Dias zugestellt werden sollten, nämlich meine eigene Adresse zuhause in der Schweiz.

Und das Ganze viermal.

Und als ich endlich, kurz vor einem Schreibkrampf, fertig war, war auch die Kundin, der ich gerne die Bummelstreikfrage gestellt hätte, wenn ich gewusst hätte, was «Bummelstreik» auf Amerikanisch heisst und wenn nicht genau in jenem Moment der dritte Kunde an die Reihe gekommen wäre, am Gehen, so dass ich, nachdem die arme Beamtin – ich nehme an, es war zu anstrengend, zwei Personen hintereinander ohne Zwischenpause zu bedienen – für eine kurze Weile verschwunden war, ebenso wie der arme Beamte am ersten Schalter, der nun am vierten Schalter durch eine frische und unverbrauchte Kraft ersetzt wurde, meine vier Filmtaschen und die dazu gehörenden korrekt ausgefüllten Formulare vor sie hin legen durfte.

Mit welcher Umständlichkeit und bedächtigen Langsamkeit die völlig überforderte Postangestellte meine Postsendung schlussendlich doch noch erledigte – von meinen mühsam ausgefüllten Formularen klebte sie beispielsweise nur den kleinen, grünen Teil direkt auf den Filmbeutel, den grossen, weissen Rest, für den ich am meisten Zeit aufgewendet hatte, warf sie einfach in den Papierkorb – und auf welche Weise sie doch noch herausfand, wieviel ein einzelner Beutel und wieviel alle zusammen kosteten – nämlich genau drei Dollar und sechzig Cent – und wie sie zu guter Letzt einen selbstklebenden Strichcodekleber aufklebte und mir das ein-Dollar-vierzig-Cent-Wechselgeld aushändigte, brauche ich hier nicht mehr des Langen und Breiten zu beschreiben.

Übrigens werde ich meine zwei verbleibenden Filme nächstens selber frankieren – mithilfe einer dieser furchtbaren Briefmarkenmaschinen.

Und die dazu gehörenden zwei Formulare wird die US-Post selbst ausfüllen müssen.

Zeit haben sie ja dort.

Mehr als genug.

2. November 2000

City Hall, San Francisco – ganz in der Nähe eines ameri-kanischen Postgebäudes.

17 Litter

Beim Wort «Litter» handelt es sich – wie man vielleicht unbedarfterweise versucht ist anzunehmen – weder um ein Hohl- noch um ein Mengenmass, sondern «litter» ist das amerikanische Wort für Abfall, Güsel, Kehricht oder dergleichen.

Und wie in jedem andern zivilisierten Staat gibt's auch in Kalifornien Unmengen davon.

Kalifornierinnen und Kalifornier produzieren im Durchschnitt sogar noch mehr «litter» als wir in der Schweiz, und das will etwas heissen.

Trotzdem geben auch sie sich hier die allergrösste Mühe und tun ebenfalls ziemlich viel dagegen:

Indem sie den Abfall sortieren und trennen, also überall Altglas-, Aluminium-, Metall-, Karton-, Plastik- und Papierbehälter aufstellen und erwarten, dass auch die Touristinnen und Touristen nicht einfach alles in den gleichen Kübel werfen.

Was recht gut funktioniert, wenigstens bei uns dreien.

Was noch nicht so gut funktioniert, ist das Sammeln des organischen «litters»: Das quartier- oder gemeinde- oder cityweise Kompostieren scheint hier noch nicht erfunden worden zu sein, so dass – was uns nach wie vor unheimlich schwer fällt – unsere Gurken-, Kartoffel-, Apfel-, Karotten-, Blumenkohl-, Zwiebel- und

Salatrüstreste, unsere Bananen- und Orangenschalen, Kaffee- und Teebeutelchen etc. allesamt in den gleichen Container wandern, in den des unsortierbaren Mülls.

Und doch haben wir den Eindruck, dass es hier in Kalifornien punkto Abfall um einiges besser bestellt ist als in der sauberen Schweiz: Zwar hat es hier viel weniger Leute, die auf öffentlichen Strassen und Plätzen den weggeworfenen Müll von Hand oder maschinell wieder entfernen, aber das ist auch nicht nötig, da die Leute hier im Allgemeinen viel besser erzogen sind und einfach kaum je etwas zu Boden werfen.

Das fällt zum Beispiel besonders entlang der Highways auf: Nichts liegt herum, kein Papierchen, keine Getränkedose, kein Plastiksack. Während Dutzenden von Meilen cleane Strassenränder. Unglaublich!

Und auch in U-Bahnstationen, Bushaltestellen, auf öffentlichen Plätzen, in öffentlichen Gebäuden: Weder Zigarettenkippen noch sonstiger Abfall ist zu sehen, und es ist – ganz im Gegensatz zu schweizerischen Städten und Dörfern – gar nicht nötig, täglich die Plätze und Strassen und Trottoirs und Bahnhofhallen etc. zu reinigen.

Zwei simple Massnahmen waren dazu nötig:

1. Das Wegwerfen von Abfall, eben «litter», ist unter Strafe gestellt, d.h. die Busse beträgt, jedenfalls auf Highways, 1000 Dollar!

2. Das generelle Rauchverbot in allen öffentlichen Ge-

bäuden und in allen Lokalen, die öffentlich zugänglich sind, auf allen öffentlichen Plätzen, Anlagen und Badestränden verhindert, dass – anders als bei uns – milliardenweise Kippen herumliegen und mühsam entsorgt werden müssen.

So sind also im Land der unbegrenzten Möglichkeiten die Grenzen punkto «litter» ziemlich eng gezogen.

Was gewiss kein Nachteil ist.

Im Gegenteil!

6. November 2020

Wirksame Massnahme: Hohe Bussen für Littering.

18 Election Day

7. November 2000: Dienstag.

Election Day.

Die Zukunft der USA: Demokratisch oder republikanisch, Gore oder Bush.

Seit Wochen täglich neueste Umfragen: Gore 48 Prozent, Bush 47 Prozent, Gore 47 Prozent, Bush 48 Prozent.

Und überall an den Strassenrändern Kaliforniens Bush-Cheney-Schilder: Zehn Millionen Dollar kosten die Republicans die Wahlen hier. Hundert Dollar geben die Democrats aus: Sie wissen, dass sie gewinnen.

In Three Rivers, einem kleinen Ort südlich des Sequoia National Parks, ist das Wahllokal von sieben Uhr morgens bis acht Uhr abends geöffnet. Es steht am nördlichen Dorfeingang zwischen einem grossen Parkplatz und einer Kirche und ist eine Art Community Hall, in der jetzt hinter Tischen etwa zwölf Frauen und Männer sitzen, die mithilfe des Stimmregisters die Eintretenden und deren Wahlberechtigung kontrollieren und diesen einen Karton mit den Abstimmungsunterlagen aushändigen, die sie, nachdem sie sie in einem der mit dem amerikanischen Wappen versehenen, an den Fenstern stehenden rund zwanzig Kartonboxen computergerecht ausgefüllt haben, in die schwarze, mit elektronischem Zählwerk ausgerüstete schwarze Wahlurne schieben, neben der die Wahlleiterin, eine in Zivil gekleidete Nonne, stundenlang ausharrt, die Leute begrüsst und mit einem farbigen USA-Kleber, auf dem so etwas wie «I voted» steht und der auf die Haut, ein Kleidungsstück oder das Auto geklebt oder – wie der Abfallkorb beim Ausgang zeigt – einfach wieder weggeworfen werden kann, freundlich lächelnd verabschiedet.

Und während hier noch Hunderte dabei sind, ihre Entscheidungen zu fällen und die entsprechenden eiförmigen Feldchen mit schwarzem Kugelschreiber auszufüllen – ein schlichtes Kreuzchen oder ein hingekritzelter Name wären ungültig, weil von der Maschinenurne nicht lesbar –, sind im Osten der USA die Würfel schon längst gefallen: Hillary Clinton ist glanzvoll in den Senat gewählt, republikanische Hochburgen sind den Demokraten in die Hände gefallen, Florida, das vom Bruder Bushs regiert wird, hat mehrheitlich Gore gewählt und in Missouri hat ein vor drei Wochen tödlich Verunfallter das Rennen gemacht, da der Todesfall diesen so bekannt und populär machte, dass er den republikanischen Gegenkandidaten, der noch lebt und deshalb ein zu grosses Handicap hatte, problemlos hat schlagen können.

Und eine Sekunde nach Urnenschluss in Three Rivers und in Kalifornien meldet CNN schon das Ergebnis: Sieg für die Demokraten, und die 53 Elektorenstimmen gehen auf das Konto von Gore, so dass dieser zum erstenmal an diesem Abend in Führung geht, nachdem ihm

die 25 Floridastimmen wegen eines Hochrechnungs-
fehlers bereits vor Stunden wieder weggenommen
worden waren.

Spannend ist das Spekulieren und Addieren und Sub-
trahieren all dieser Ständestimmen: Drei Moderatoren
und drei Moderatorinnen teilen sich diese Arbeit und
bringen alle News brandheiss herüber.

Gegen Schluss bleiben noch etwa fünf Staaten übrig,
bei denen das Ergebnis so knapp ausfällt, dass eine
hochgerechnete Vorhersage etwa gleich unsicher wäre
wie diejenige von Florida, so dass CNN darauf verzichtet, und um elf Uhr nachts ist klar, dass Bush nur noch
einen einzigen Staat benötigt, um der nächste US-Präsident sein zu können, nämlich Florida, während Gore
noch mindestens zwei braucht, nämlich Florida und einen zweiten, und um elf Uhr elf oder zwölf – ich habe
gerade zu einem anderen Sender gezappt, weil zum
hundertsten Mal der gleiche Werbeblock lief und deshalb den alles entscheidenden Moment verpasst – wird
Bush zum Sieger ausgerufen, und während in Texas die
Bush-Fans zu jubeln beginnen, verfallen die Gore-Fans
in Nashville in einen Zustand tiefster Depression, und
ich schalte den Kasten enttäuscht und frustriert ab:
Wieder einmal hat der Falsche gewonnen.

Einer, der am laufenden Band Todesurteile vollstre-
cken lässt, aber gegen die Abtreibung ist und für den
gläubige Anhänger in Three Rivers hundert weisse
Kreuze in den Boden gerammt und mit dem Slogan
«Vote for Life» eingerahmt haben, und der so höflich,

nett und anständig ist, dass er vor Kurzem vor eingeschaltetem Mikrofon einen New Yorker Journalisten als «Riesenarschloch» bezeichnete.

Und dann das Wunder am nächsten Morgen: Bush habe noch gar nicht gewonnen, es stehe erst 260 zu 246 für Gore, da das Wahlergebnis in Florida noch nicht definitiv sei und erst zwei, drei Tage später bekannt würde, wer nun nächster US-Präsident werde.

Und obwohl Gore am meisten Stimmen machte und eigentlich gewonnen hat, wird dank den brüderlichen Florida-Stimmen Bush Nachfolger von Clinton.

Vermutlich.

Und wenn Bush etwas Anstand hätte, würde er Nader, dem Grünen, einen Ministerposten zuschanzen.

Denn ohne diesen hätte Bush gegen Gore keine Chance gehabt.

Dafür steht heute schon fest, wer 2004 die Wahlen gewinnen wird: Hillary.

Das ist so sicher wie eine CNN-Hochrechnung.

8. November 2000

Wahlleiterin in Three Rivers am 7.11.2000

17 Death Valley

Eigentlich hatte ich ja keine Lust, das Todestal zu besuchen:

Mondlandschaft, Hitze, kilometerlange Einsamkeit, holperige Strassen, kein Wasser, kein Benzin: So stellte ich mir das vor.

Da das Death Valley jedoch im System der National Parks integriert ist, brauche ich keine Angst zu haben:

Alles wird bestens organisiert sein, bestens klappen, die US-National-Park-Behörde wird alles fest und bestens im Griff haben.

Bei der Einfahrt in den Park steht ein Kassierhäuschen, du zahlst zehn Dollar und darfst dafür sieben Tage lang so oft und so lange im Park herumkurven, wie es dir beliebt.

In jedem National Park findest du ausserdem einen bis mehrere günstige Campgrounds, ein Visitor Center mit immer den gleichen Artikeln und einem angeschlossenen Museum inklusive Vortragssaal, einen bis mehrere Stores, ein bis mehrere Restaurants, zum Teil sogar Unterkünfte...

Und millionenweise werden diese Parks jährlich besucht – und wir gehören nun auch dazu!

Es scheint, als hätten alle das gleiche Programm wie

wir: Vom Redwood National Park zum Lassen Volcanic Park, dann zum Yosemite, danach zum King's River und Sequoia und anschliessend eben zum Death Valley National Park.

Und ich denke, dass das ein Riesengeschäft für den Staat ist:

Dass es hier nicht in erster Linie um den Schutz der Natur und der Naturschönheiten, sondern ums Business geht, und die Tiere und Pflanzen nur darum geschützt und für die Nachwelt erhalten werden, damit auch die nächsten und übernächsten Generationen noch von diesem lukrativen Tourismus-Geschäft profitieren können. Das bezeichnet man auch hier als langfristiges und nachhaltiges Denken und Handeln.

Alles läuft nach demselben Konzept ab, überall sehen die Restrooms, die Visitor Centers, die Park-Landkarten, die Park-Zeitungen, die Ranger und Rangerinnen gleich aus – und es würde mich nicht wundern, wenn die US-Regierung versuchen würde, dieses erfolgreiche Business-Modell zu exportieren und – zum Beispiel im ehemaligen Ostblock – andere grosse Naturschutzparks zu erwerben und gewinnbringend zu bewirtschaften. Das brächte neben finanziellen auch andere Vorteile, zum Beispiel jene, dass sich die Amerikanerinnen und Amerikaner in diesen überall auf der Welt verstreuten US-Parks sofort heimisch fühlen würden – wegen der US-Visitor-Centers, -Campgrounds, -Restrooms, US-Burgers, -French-Fries und -Park-News.

Und nun befindest du dich also im Zentrum dieses Tals

des Todes, umgeben von meilenweiter ödester Wüstenlandschaft, mitten in einem Dutzende von Metern unter dem Meeresspiegel liegenden, flachen Talkessel, umringt von Sandhügeln, felsig-kantigen Gebirgszügen, von Schutt, Gestein und Geröll...

Und was du wahrnimmst, verschlägt dir den Atem:

Du siehst Hunderte von riesigen Wohnmobilen, alle in Reih und Glied geparkt, wie es sich gehört, und Hunderte von Amerikanerinnen und Amerikanern, fast ausnahmslos im Pensionsalter, sowie mehrere Gebäude mit Visitor Center, Museum, Restaurants, Giftstores, Hotels und Motels und – mitten in der zentralsten Mitte des Dattelpalmwäldchens, das sich in der Mitte dieses US-National-Park-Städtchens befindet – einen riesigen Golfplatz mit sattgrünem Rasen und Dutzenden von Golfwägelchen, in denen ältere, meist übergewichtige US-Golferinnen und Golfer sitzen und im Herzen des Death Valley herumkurven.

So verliert das Death Valley all seinen Schrecken.

Und seine Würde gleich mit.

Und wird zum normalen Konsumgut.

Zur Ware Death Valley:

Denn wer auf dem tiefst gelegenen Golfplatz der Welt einmal ein Golfspiel konsumiert hat, wird dieses nicht so schnell wieder vergessen.

Dafür umso mehr die phänomenale, fantastische, unvergleichliche, atemberaubende Landschaft ringsum.

Das Death Valley ist – inklusive Golf – in vier bis fünf Stunden zu machen, und erholen kannst du dich bei einem Bier im Saloon in Furnace Creek.

Wohnen möchtest du hier zwar nicht, aber leben liesse es sich ganz angenehm.

Wie anderswo auch.

Auf nichts müsstest du verzichten.

Und lebtest trotzdem im Tal des Todes.

11. November 2020

Imposant, eindrücklich, einmalig: Das Death Valley.

20 Trinkwasser

Alle Schweizerinnen und Schweizer wissen: Nur in der Schweiz ist das Wasser, das aus den Wasserhahnen fliesst, ungekocht trinkbar.

Deshalb passen sie auch im Ausland besonders gut auf:

Sie trinken nie Brunnen- oder Hahnenwasser, ausser es ist abgekocht.

Sie trinken hauptsächlich Coca Cola, da Rivella ausserhalb der Schweiz nicht erhältlich ist.

Sie kaufen literweise Mineralwasser und brauen damit Kaffee, Tee, Suppe.

Sie verwenden für das Kochen von Teigwaren, Reis, Mais, Linsen, Erbsen etc. ausschliesslich Mineralwasser.

Und den grünen Salat und die Gurken und die Tomaten und die Äpfel und Birnen waschen sie ebenfalls mit gekauftem Trinkwasser aus der Flasche.

Und nach jedem Zähneputzen spülen sie selbstverständlich ihren Mund mit keimfreiem Mineralwasser.

Nur die Hände waschen sie nicht mit Wasser aus dem Supermarkt.

Als Schweizer gebe ich mir also besonders viel Mühe, hier in Kalifornien nur ja kein Leitungswasser zu trinken.

Und – oh Wunder – diese Praxis ist auch hier weit verbreitet, denn die Nichtschweizer:innen in diesem Bundesstaat, d.h. zig Millionen von Kalifornierinnen und Kaliforniern, scheinen dem kalifornischen Trinkwasser, das aus der Röhre kommt, derart zu misstrauen, dass in jedem Einkaufszentrum – und sei es noch so klein – hektoliterweise in Ein- oder Zweigallonenbehältern abgefülltes Trinkwasser, Quellwasser, Mineralwasser und destilliertes Wasser zu günstigen Preisen erworben werden kann.

Wir beispielsweise verbrauchen pro Tag eine bis zwei Gallonen, d.h. etwa viereinhalb bis neun Liter und bezahlen dafür rund drei Dollar, werden also am Ende unseres US-Aufenthalts gegen zweihundert Dollar, also rund 360 Franken, für das Trinkwasser aufgewendet haben. Umgerechnet auf ein Jahr wären das zwischen 1800 und 2000 Franken, was, verglichen mit den schweizerischen Trinkwasserpreisen, doch ziemlich viel wäre.

Ich verstehe die Leute jedoch hier sehr gut: Ihr Leitungswasser riecht wie bei uns das Wasser im Hallen- oder im Freibad – nach Chlor.

Und wer chlorierten Kaffee, chlorierten Salat oder chlorierten Mundgeruch nicht mag, ist halt gezwungen, Trinkwasser im Supermarkt zu kaufen.

Was inzwischen auch immer mehr Bewohnerinnen und Bewohner der Schweiz tun, weil sie das Ausland kennen und dieses punkto Trinkwasser mit der Schweiz verwechseln.

Nur haben das die Schweizer Supermarktketten noch nicht registriert, denn statt das Mineral-, Quell- oder Trinkwasser in bequemen 4,5- oder 9-Liter-Kanistern zu verkaufen, wird es noch immer in 1,5-Liter-Flaschen angeboten. Auf diese Weise lässt sich der Bedarf nach mehr fabrikmässig produziertem Trinkwasser nicht steigern, da der tägliche Einkauf von vier bis sechs 1,5-Liter-Wasserflaschen pro durchschnittlichem Haushalt den meisten viel zu umständlich, zu mühsam und zu ineffizient wäre.

Deshalb mein Rat an Migros, Coop und Denner: Schafft grössere und ebenso bequeme Wasser-Verkaufsbehälter an, wie sie hier in den USA üblich sind! Und schon bald wird sich der Trinkwasserverkauf vervielfachen!

Problemlos.

Denn obwohl bei uns in der Schweiz das Trinkwasser nicht nach Chlor stinkt, enthält es doch Nitrate und Spuren von gesundheitsgefährdenden Pestiziden und anderen Schadstoffen.

Und das ist inzwischen fast allen bewusst, so dass sich damit ein Riesengeschäft machen liesse.

Wie hier in Kalifornien.

13. November 2000

Die Ausnahme: Compiarbeit im Freien und bei Tag.

21 Las Vegas

Nach drei Tagen im Death Valley bist du bereit für Las Vegas.

Denkst du.

Nach all den zivilisatorischen Entbehrungen – kein Netzanschluss, keine Duschen, keine zehnspurigen Strassen – sehnst du dich nach dem puren Gegenteil!

Meinst du.

Doch wenn du da bist, verschlägt es dir die Sprache.

So hast du es dir nicht vorgestellt: Derart gigantisch, luxuriös, phänomenal, verrückt, kitschig, ungeheuer gewaltig.

Ein Disneyland für Erwachsene, ein Paradies für Spielsüchtige, ein Themenpark für Männer.

Ein goldener, zwanzig Meter hoher Löwe überragt die riesige Kreuzung zweihundert Meter vor unserem Motel. Gegenüber New York im Grossformat mit der Freiheitsstatue eins zu eins, irgendwo die Sphinx und eine ägyptische Pyramide, ebenfalls monumental, Schlösser, Burgen, der Eiffelturm, Venedig, fantastische Riesengebäude wie das «MGM Grand-Hotel» mit fünftausend Betten und einer richtigen Stadt im Untergrund.

Wir logieren in einem einfachen Motel an der Kreuzung

zweier vielbefahrener zehn- respektive sechsspuriger Strassen, direkt gegenüber dem Flughafen, wo Helikopter und Düsenjets ununterbrochen landen und starten.

Pech: Normalerweise sind die Preise unter der Woche halb so hoch wie an den Wochenenden, doch findet irgendein Grossanlass statt, so dass sämtliche Zimmer unter 60 Dollar ausgebucht sind, wenigstens in der Nähe des Stadtzentrums.

Und dann betrittst du zum erstenmal in deinem Leben eines dieser Mega-Casino-Hotels! Das Badener Stadtcasino ist dir ein Begriff, bist du doch einmal hindurch geschlendert, einfach, weil's dich als Politiker interessiert hat, wie so etwas funktioniert, und um dir die Bestätigung zu holen, dass deine Haltung, nämlich die, dass solche Spielhöllen gar nicht zugelassen werden dürften, weil sie eine moderne Form von Raubrittertum darstellten: Der Mensch sei diesen Maschinen schutzlos ausgeliefert, habe null Chancen und gehe praktisch immer als Verlierer vom Platz.

Und dann betrittst du also mit dem inneren Bild des Badener Casinoleinchens so ein Casino, trittst ein ins «Tropicana», ins «New York New York» und ins «MGM Grand» – mehr schaffst du eh nicht – und bist fassungslos:

Tausende von Spielautomaten in Dutzenden von prunkvollen, mit jeglichem Luxus ausgestatteten Riesensälen – Ludwig der Vierzehnte würde vor Neid erblassen und hätte – würde er heute noch leben (zum

Glück ist er schon lange tot!) – mit den aus dem Volk gepressten Milliarden keine schöneren, gigantischeren, monumentaleren Schlösser bauen lassen können!

Und da fällt's dir wie Schuppen von den Augen: Wieviel Geld müssen die Spielenden an diesen Geldspielautomaten und an den Spieltischen liegen lassen, damit solche Bauwerke finanziert werden können? Welche Milliardenumsätze sind nötig, um mit derartigen Spiel-Höllen-Palästen auch noch gigantische Gewinne erzielen zu können?

An der Hotellerie werden sie kaum etwas verdienen, wenn sie für dreissig Dollar ein Zimmer für zwei Personen und in ihren Restaurants ihre Riesenportionen für vierfünfundneunzig anbieten.

Die Hunderttausenden von Spielenden und Spielsüchtigen sind es, die mit ihren unvernünftig hohen Einsätzen den Betreibern exorbitante Gewinne garantieren und zudem – dank zynisch-tiefer Lockvogel-Food- und Lodgingpreisen – «ungewollt» einen oder mehrere Tage länger als geplant in diesem gigantischen Abzockerparadies verweilen.

Es ist fast nicht zu ertragen:

Statt einer Schale mit drei Eiskugeln wird dir hier ein halber, mit Softeis gefüllter Swimmingpool serviert, statt eines Konzerts mit Chor und Orchester werden dir tausend musikalische Orgien um die Ohren geschlagen, statt eines einzigen Films wirst du gezwungen, zehntausend gleichzeitig zu konsumieren.

«Disgusting», denkst du, da dir inzwischen das deutsche Wort dafür abhanden gekommen ist.

«Absolutely disgusting».

Und dass hier in Las Vegas gewisse Dienste nicht diskret und etwas versteckt in Kleininseraten oder speziellen Magazinen, die an speziellen Orten erhältlich sind, angeboten werden, sondern gleich haufenweise auf jedem Trottoir, bei jeder Strassenecke, ist hier Normalität. Viele Strassenränder sind übersät mit farbigen Flyern jeder Grösse, auf denen nackte Frauen die Ware Sex zu Tiefstpreisen offerieren.

Zehntausende von Geldautomaten ziehen den Las-Vegas-Touristen oft das letzte Geld aus der Tasche.

Und Tausende von Frauen verkaufen ihren Körper viertel- und halbstundenweise an Männer, die nicht alles verspielt haben.

Der Drang, von einer Sekunde auf die andere reich werden zu können, zu wollen, zu müssen, muss gewaltig sein.

Ebenso stark wie der Sexualtrieb.

Deshalb war Las Vegas möglich.

Deshalb wird Las Vegas weiter florieren.

Sehr sympathisch deshalb, dass in Kalifornien Casinos nicht zugelassen sind.

Typisch natürlich, dass in Las Vegas überall geraucht wird.

Wie in der Schweiz.

Und fluchtartig verlasst ihr am übernächsten Tag Las V.

15. November 2000

Las Vegas: Auf erschreckende Weise fantastisch...

22 Stimmen zählen

Bereits sind seit den Wahlen fast zwei Wochen vergangen und noch immer ist nicht bekannt, wie der Nachfolger von Bill Clinton heisst.

Gore oder Bush.

Oder Liebermann oder Cheney.

Oder vielleicht wird gar niemand dieser vier, sondern der Präsident des Repräsentantenhauses – zur Überraschung der Welt – zum neuen Präsidenten der USA bestimmt.

Wer weiss das schon.

Seit dem Election Day gibt's kein anderes Thema mehr: Stimmen zählen, Stimmen nachzählen, Stimmen von Hand zählen, Stimmen maschinell zählen.

Und fast täglich erscheinen neue Zwischen- und Zwischenzwischenergebnisse aus Florida, es kommt zu Demonstrationen und Auseinandersetzungen zwischen Bush- und Gore-Anhängerinnen und Anhängern, und der Meinungsgraben verläuft exakt zwischen den beiden politischen Lagern, wie Umfragen belegen: Republikaner:innen sind gegen, Demokrat:innen für eine Nachzählung.

In Bezug auf den Vollzug und die Respektierung der demokratischen Mitbestimmungsrechte sind die USA ein Entwicklungsland, davon bin ich inzwischen fest überzeugt. Hier könnten die grossen USA sehr viel von der kleinen Schweiz lernen – denn so etwas könnte bei uns nie passieren.

Glaube, hoffe, weiss ich.

Wenn eine Demokratie gerecht und fair funktioniert, eine Demokratie, in der jede einzelne Stimme gleichwertig zählt, erwarten alle zu Recht ein korrektes, hieb- und stichfestes Wahlergebnis, an dem niemand zweifelt – und sei dieses noch so knapp. Da kann weder ein Richter noch eine Staatssekretärin im Nachhinein entscheiden, ob diese oder jene Stimmen nun zu zählen sind oder nicht.

Wird in der Schweiz aufgrund eines engen Wahlausgangs eine Nachzählung verlangt, dann haben in der Regel alle Beteiligten, auch die Obsiegenden, Verständnis für diesen Schritt, da sie in einer solchen Situation gleich handeln würden, liefert doch eine Nachzählung das endgültige und amtliche Wahlresultat, an dem definitiv nicht mehr zu rütteln ist.

Und wenn bei uns derart schlimme Unregelmässigkeiten und Wahlfälschungen vorgekommen wären, wie sie in Florida und anderen Bundesstaaten passiert sind, würde man es nicht mit einer Nachzählung bewenden lassen, sondern das Wahlergebnis würde annuliert und eine Wahlwiederholung verfügt.

Hinzu kommen das undemokratische und antiquierte Elektorenstimmensystem, die Tricks mit der willkürlichen Festlegung der Wahlkreisgrenzen sowie das für

Parlamentswahlen ungeeignete Majorzsystem, da dieses ein falsches Abbild der Parteienstärken liefert und diejenige Partei begünstigt, die nicht in erster Linie die Stimmenmehrheit, sondern unbedingt die Wahlen gewinnen will – mithilfe schlau, rücksichtslos und undemokratisch veränderter Wahlkreise.

Das Gleiche trifft auf die Elektorenstimmenzählweise zu, das im Postkutschen- und Vorfunkzeitalter noch einen gewissen Sinn gemacht hatte, da die Wahlmänner damals Tage und Wochen benötigten, bis sie endlich in Washington ihre Wahlstimme für ihren Präsidentschaftskandidaten abgeben konnten.

Dass Al Gore trotz seines auf demokratische Weise zustandegekommenen Wahlsiegs – er hat ja offensichtlich mehr Stimmen erhalten als Bush – nicht gewählt sein soll, widerspricht fundamental dem wichtigsten Grundsatz jeder Demokratie, nämlich jenem, dass die Volksmehrheit entscheidet.

Die USA wären deshalb gut beraten, ein schweizerisches Fachgremium beizuziehen, denn ihnen fehlt ein neutraler, objektiver, der Demokratie dienender und diese weiter entwickelnder Standpunkt.

Das Schauspiel, das der amerikanische Staat hier der Welt liefert, ist einer Demokratie unwürdig.

Die USA – eine Bananenrepublik?

JA!

PS. Ich will nicht unfair oder ungerecht sein: Bis 1971

war die Schweiz die undemokratischste, hinterwäldlerischste «Demokratie» der ganzen Welt – nämlich gar keine! Und bis in die Neunziger Jahre wurden in unserem Staat in gewissen Landesteilen – siehe Appenzell – die Rechte der Frauen noch immer unterdrückt.

Die Schweiz eine Bananenrepublik?

Vor 1971:

JA, absolut – respektive viiiel schlimmer!

16. November 2000

The Asso

Charles Burton, chairman of the Palm Beach County ca
, holds up the last ballot the board was able to consider
eadline in the manual recount.

the results — the formal word   Palm Beach was on
 Florida state law for chal-   Democratic-leaning cour
g the results of a certified

*Stimmen zählen: Welche Stimmen stimmen und zu zählen
sind und welche nicht.*
aus: L.A.-Newspaper, November 2000, Original nicht mehr vorhanden

2   Ghost Town

Das wollten wir doch schon immer sehen:

Eine Geisterstadt.

Und zufälligerweise liegt unser Campingplatz nur zwanzig Meilen von einer solchen Ghost Town entfernt. Also Tagesausflug und nichts wie hin.

Im grossen Kalifornien-Strassenatlas ist sie ganz klein eingezeichnet, auf den beiden Landeskarten existiert sie gar nicht, in den beiden Reiseführern gibt's je einen kurzen Kurzbericht, auf der Autobahn ein bescheidenes Hinweisschild und in der Landschaft ist der Name schon meilenweit zu sehen – mit riesigen Lettern in den Berg gemeisselt (oder auf ihn gemalt?):

CALICO.

Allzuviel erwarten wir nicht: Wenig historisch Bedeutsames, wenig echt Historisches, mehr Geschäft als Geschichte.

Und das erste, was wir zu sehen bekommen, ist das Kassenhäuschen: Sechs Dollar Eintritt pro Person, macht zwölf Dollar, und das sind bei diesem Dollarkurs über 21 Franken...

Umkehren können und wollen wir nicht mehr, den riesigen leeren Parkplatz lassen wir links liegen und fahren direkt vor das Geisterstädtchen, wo uns ein bärtiger

Wildwestcowboy einen Parkplatz neben dem Parkplatz zuweist, da wir weder ein Reisecar noch ein Personenwagen sind.

Ausgestiegen, auf der vor höchstens zwanzig Jahren geteerten Main Road ins Städtchen marschiert, das aus unecht wirkenden Holzhäuschen und Schuppen zu bestehen scheint. Wir sind fast die Einzigen, und die wenigen Leute, die sich hierher verirrt haben, werfen einen Blick in den «Lane's General Store», in den «Basket and Candle Shop», in den «Best West Photo Parlor», ins «Old Miners Cafe», in «Lil's Saloon»: Kommerz und Business, so weit das Auge reicht und von Geisterstadt keine Spur – das Ganze scheint ein auf Geisterstadt getrimmtes Shopping Center zu sein, um die Touristinnen und Touristen in diese entlegene Ecke der Mojave-Wüste zu locken.

Und auch die Holzhäuschen sehen lieblos und unecht restauriert aus: Film- oder Theaterkulissen, die etwa so aussehen, wie es hier vor etwa hundertzehn Jahren tatsächlich ausgesehen haben könnte.

Ganz oben ein Aussichtspunkt mit Überblick über den 1951 wieder aufgebauten Silbergräber-Ort, in dem 1887 immerhin 1200 Leute wohnten und der sich 1907, als der Silberpreis zusammenschmolz, leerte wie eine Kirche am Sonntag nach der Predigt, und der jetzt, am 17. November 2000 um zehn Uhr a.m. bei Sonnenschein und 66 Grad Fahrenheit doch irgendwie reizvoll aussieht.

Auf der anderen Seite als oberstes Gebäude das Kirchlein mit Glockentürmchen, und bevor wir eintreten, noch schnell ein Foto gemacht:

Auch die nach Silber und Borax schürfenden Cowboys werden am Sonntag in die Kirche gegangen sein, weil der Tod dem Leben damals noch viel näher stand, da viel öfters gestorben wurde und deshalb der Gedanke an das eigene Lebensende nicht so fern und so absurd war wie heute.

Drinnen erwartet uns: Eine grosse Wandtafel, ein grosses Pult, etwa zwanzig kleine, am Boden verankerte hundertjährige Schulbänke und Schultische, einige alte Bilder an den Wänden, gross der Washington und gross der Lincoln, und eine lebendige, in Schwarz gekleidete ältere Dame, die uns freundlich einige interessante Dinge über die damalige Schule, die damaligen Schulkinder und die damaligen Lehrpersonen erzählt,

dass es zum Beispiel den Lehrerinnen verboten gewesen sei, farbige Kleider zu tragen, den Lehrern, einen der rund zwanzig Saloons zu betreten,

dass das Schulhaus originalgetreu wieder aufgebaut worden sei, nachdem es die Feuerwehr zu Übungszwecken niedergebrannt gehabt hätte,

dass das Schulhaus an den Samstagen zu Trauungs- und Beerdigungs- und sonntags zu Predigtzwecken als Kirche gedient und eine ehemalige Schülerin dieser Schule ihre Erinnerungen aufgeschrieben und veröffentlicht habe.

Undsoweiter: Eine sehr interessante Geschichtslektion,

die allein schon wertvoller war als die an der Kasse bezahlten sechs beziehungsweise zwölf Dollar.

Und kaum sind wir draussen, spielt sich ein Drama ab, wie es sich nur im Wilden Westen der USA abgespielt haben konnte:

Nachdem sie offenbar die hiesige Bank überfallen haben, wollen sich zwei Gangster mit dem geraubten Geld aus dem Staub machen, was jedoch der Sheriff und ein zufällig anwesender Cowboy zu verhindern versuchen. Es kommt zu einer wilden Wildwestschiesserei, die der Cowboy und die beiden Bankräuber schlussendlich mit dem Leben bezahlen, aber erst, nachdem sie das nun plötzlich zahlreiche, mit riesigen Reisecars herangekarrte Publikum vorher mit witzigen Dialogen erheitert haben.

Natürlich hat dieser Klamauk mit dem echten und harten damaligen Leben wenig zu tun, dafür um so mehr mit den Vorstellungen, die die Tourist:innen mit so einem Western-Städtchen verbinden.

Und unter welch unglaublich strapaziösen Bedingungen damals die Bergleute, die nach Silber und Borax gruben, arbeiten mussten, zeigt ein zweihundert Meter langer Stollen in einer der vielen Silberminen: Echt aussehende Bergarbeiter bohrten und sprengten überall, wo sie Silber vermuteten, Löcher, Gänge, Höhlen in den Berg, das herausgelöste Gestein wurde auf kleinen Bergwerkswagen auf Schienen ins Freie transportiert, wo der Silbergehalt geprüft und das Edelmetall herausgeschmolzen wurde.

Reich wurde von dieser Schufterei, so hart sie auch arbeiteten, höchstwahrscheinlich niemand.

Alt auch nicht.

Und zum Schluss gibt's als Zugabe noch eine originell und echt wildwestmässig kommentierte achtminütige Bahnreise mit der Calico-Railroad-Dampfbahn.

Auch der mitten im Ghost-Townchen aufgestellte amerikanisch-kitschige Weihnachtsbaum kann den gewonnen Eindruck nicht mehr zunichte machen:

Der Besuch hat sich gelohnt.

Trotz Kommerz.

18. November 2000

Interessante Geschichtsstunde in Calico, Ghost Town.

24 At the Dentists

Stell dir vor, du holst dir aus dem Wohnmobil-Schränkchen einen kalifornischen Gala-Apfel, wischst ihn an deinem Pullover ab, beisst lustvoll hinein und:

Es knackt und bröckelt, als ob du Zweifel-Chips isst, aber du glaubst nicht, dass das etwas mit deinem Gebiss zu tun hat, spuckst also das Abgebissene zu Kontrollzwecken in deine Hand, fischst ein weisslich-gelbes, steinhartes Bröckchen aus dem Apfelstückschleim, überprüfst mit deiner Zunge jeden einzelnen deiner Zähne und erschrickst:

Dein halber Zahn ist weg!

Der linke Stoss- respektive Vorderzahn ist halb zerbröselt und es klafft, wie du sofort mithilfe des Schrankspiegels feststellst, eine schreckliche Lücke:

Wie ein Seeräuber, Cowboy, Obdachloser siehst du aus, dein Gesicht wird zur Fratze, sobald du den Mund aufmachst.

So kannst du nicht unter die Leute – Hilfe! – schnell eine Zahnärztin – wo ist hier die nächste Praxis!

Dabei ist Sonntag, was typisch ist:

Jedesmal, wenn dir oder einem deiner Kinder oder deiner Partnerin etwas zustösst, ist Wochenende, jede Arztpraxis ist geschlossen, und ihr werdet zum Notfall.

Und solange du dich in der Schweiz aufgehalten hast, hat es auch wirklich jedesmal funktioniert:

Der Spital-Notfalldienst hat den Riss im Ohr, den «Hexenschuss», die Schnittwunde im Unterarm, die Hinterkopfprellung, das Metallstücklein im Auge, die hundert Zecken am ganzen Körper problemlos, schnell und effizient behandelt, genauso wie der Notfallarzt respektive -rettungsdienst die Nierenentzündung, die einseitige Gesichtslähmung oder das Herzflattern.

Aber eben: Hier sind wir in Kalifornien, genauer: in Big Bear Lake auf zweitausend Metern Höhe mitten im Kunstschneeskigebiet, etwa zwei Stunden von L. A. entfernt, und obwohl alle Einkaufszentren, Shops und Restaurants offen sind und ein Riesenbetrieb herrscht — die Zahnarztpraxen im Umkreis von zig Meilen haben zu und ich muss mit meinem entstellten Face und geschlossenem Mund noch mindestens einen Tag lang herumlaufen...

Deshalb verlassen wir Sun, Snow and Fun, gondeln ins Tal hinunter und finden in Riverside einen angenehmen Campground, von wo wir dann am nächsten Tag ein Zahn-Rep-Center zu finden hoffen.

Was wir dann auch mit Leichtigkeit tun:

Der Campground-Owner fährt in seinem modischen Dodge-Lasterchen voraus, wir hinterher, und schnurstracks fahren wir zum berühmten Kinderherztransplantationszentrum, dem «Seventh Adventists University Hospital», das von einem riesigen Parkplatz umgeben und dem eine «Dentist School» angeschlossen ist, wo so kleine Sächelchen wie abgebrochene Schaufelzähnchen im Hui geflickt werden.

Also rein ins rauchfreie Gebäude, angestanden und angemeldet, dein Problemlein geschildert, mit Shoppen, Kaffeetrinken und dem Ausfüllen der drei um 12.45 Uhr einzureichenden Formulare die zweieinhalbstündige Wartezeit überbrückt, zurückgekehrt, gemeinsam mit achtzig anderen Patient:innen weiter gewartet, während vom Bildschirm die Direktübertragung aus dem obersten Gerichtshof Floridas läuft:

Soll von Hand ausgezählt werden, und wenn ja: Wie lange, und falls ja: Soll das Zählergebnis zählen oder nicht.

Und es geht zu und her wie in einem Bienenhaus im Warteraum, der aussieht wie ein Kinosaal:

Links der Bildschirm, davor der Gang, der ins Innere des Zahngebäudes führt und aus dem die angehenden Dentistinnen und Dentisten den Waiting Room betreten, freundlich lächelnd und sich umschauend, nach ihrer Patientin oder ihrem Patienten Ausschau haltend oder einen Namen rufend, leise, schüchtern oder laut, je nach Charakter oder Temperament, und darauf schnell wieder verschwinden, mit oder ohne Opfer, je nachdem,

vorne links zwei Schalter, hinter denen zwei Frauen sitzen und allen Kundinnen und Kunden je drei Formulare aushändigen, vorne rechts eine quietschende Türe, die sich etwa zweimal pro Minute öffnet und aus der ebenfalls ein junger Mensch nach dem andern in hellblauem Arztkittel tritt, sich umschaut oder einen Namen ruft und ebenfalls schnell wieder mit oder ohne Begleitung verschwindet,

auf der rechten Seite zwei weitere Schalter, hinter denen zwei andere Frauen arbeiten und die ausgefüllten Formulare in dicke Dossiers verwandeln, die zu den Studentinnen und Studenten gelangen, die sich dann eines davon schnappen und danach ihr Übungsmaterial aus dem Warteraum holen.

So vergeht die Zeit – mit Beobachten, Staunen, Lachen, wenn zum Beispiel eine ältere, eben behandelte Dame aus der Türe rechts tritt und noch etwas benommen und noch mit dem hellgrünen, an einem silbernen Kettchen befestigten Papierlätzchen um den Hals das Weite sucht oder wenn ein 75-Jähriger mit knallig-farbigem Babyhut zum drittenmal hereinstürmt, sich umblickt, den Saal wieder verlässt und später endlich beschliesst, sich beim Schalter links anzumelden, oder wenn ein zehnjähriges Mädchen hereinkommt, gefolgt von ihrer Mutter wahrscheinlich, die derart übergewichtig ist, dass sie wie eine übertriebene Karikatur ihrer selbst aussieht und die sich so schleppend fortbewegt, dass man bei jedem ihrer Schrittchen zu denken gezwungen ist, jetzt knickt sie gleich nach hinten ein und fällt – plumps! – auf den Rücken und bleibt zappelnd und hilflos liegen wie ein Maikäfer oder wie «Samsa» in Kafkas «Verwandlung».

Natürlich lachst du – innerlich – nur aus lauter Nervosität, denn du bist ja ebenso arm dran wie alle anderen hier Versammelten, und du scheinst sogar der Einzige zu sein mit zwei derart grossen – und bei geöffnetem Mund – weithin sichtbaren Löchern.

Und dann, endlich-endlich, bist auch du an der Reihe, da ein junger Mann «Maatn Kristn» flüstert:

Du stehst auf, Händeschütteln, Hand auf meine Schulter, Türe auf, Türe zu, Gang, Türe auf – und wow! – ein Riesensaal, aufgeteilt in etwa fünfzig Kojen, je zweieinhalb mal zweieinhalb Meter, die dich an die US-Toiletten erinnern, nur dass hier die Wändchen noch weniger hoch sind, so dass ein Zahnarztprofessor stets alle Übenden inklusive Beübte im Auge haben und einschreiten und eventuell entstandene Schäden wieder beheben könnte.

Du darfst dich auf einen mit Plastik überzogenen Liegesessel in einem dieser Behandlungsabteile setzen, in denen Dutzende anderer Zahnleidender mit offenen, von grünen Gummifetzen bedeckten Münden still vor sich hinleiden, betreut, bearbeitet, beübt von eben so vielen Auszubildenden – und erst jetzt wird dir angst und bange:

Du hast auf einem der drei Formulare unterschriftlich bestätigt, dass du ein den Unterrichtszwecken dienlicher Fall sein kannst und deshalb allen zu treffenden Massnahmen zustimmst.

Der junge Mann ist sehr nett, höflich, erkundigt sich

nach deiner Herkunft, deinen weiteren Plänen, erzählt, er habe mal zwei Jahre in Spanien gelebt, wirft einen kurzen Blick auf deine schreckliche Lücke und fordert dich auf, ihm zu folgen: Röntgen, denn ohne Röntgen geht gar nichts, schliesslich hat der mal dafür den Nobelpreis erhalten.

Die Maschine hat ihr Alter und erinnert dich an die Schuhröntgenapparate, die noch bis in die Sechzigerjahre in Betrieb waren und in denen du bequem minutenlang deine skelettierten Zehen und die Schuhumrisse und jeden einzelnen Schuhnagel und die Nähte sehen konntest, attestiert von deiner Mutter und dem Schuhverkäufer, und die dann von einem Tag auf den andern klammheimlich im ganzen Land verschwanden, niemand weiss, wohin.

Dein schüchterner Hinweis, dein Gebiss sei erst im letzten Jahr geröntgt worden, nützt nichts – was sein muss, muss sein.

Fünf Minuten Wartezeit in Liegeposition, dann kehrt der Lernende zum Lernobjekt zurück, erfreut: Das Riesenloch ist nämlich auch auf dem Röntgenbildchen zu sehen, und «Bryan Thomas, Student», so liest du auf dem Schildchen auf dessen Arztumhang, eröffnet dir seine Schlussfolgerung:

Zwei Optionen würdest du haben – die erste:

Gar nichts machen, drei Wochen gesichtsmässig wie ein Landstreicher herumlaufen, dann in der Schweiz die Dentistin aufsuchen und dir zwei Kronen machen lassen

– oder die zweite:

Eine provisorische Lösung, d.h. eine vor allem optisch-ästhetischen Zwecken dienende Füllung, die einige Wochen halte, danach folge dann die definitive Kronenversion.

Es gäbe jedoch noch eine weitere, weniger empfehlenswerte Möglichkeit: Die angelöcherten Zähne ziehen und die definitiven Kronen hier installieren zu lassen, was aber mindestens mehrere Tage beanspruchen würde.

Keine grosse Auswahl, so dass du Variante zwei wählst, die allerdings mit folgendem Haken verknüpft sei: Entfernen der beiden Zahnnerven wegen zu grosser Infektionsgefahr...

Unbehandelt und um einunddreissig Dollar erleichtert verlässt du um drei Uhr dreissig p.m. die «School of Dentistry», klebst einen weissen Kaugummi in die Lücke, was immer noch weniger schlimm aussieht, und fährst zur nächstgelegenen Dentistry, schilderst der Zahnarzthelferin, die dich hat zehn Minuten warten lassen, dein Problem, und die dir nachher erklärt, der Dentist mache keine provisorischen Füllungen, ich solle es an einem anderen Ort versuchen. Auch die goldgerahmten Bilder, die noble und gestylte Eingangshalle und der glänzende Casino-Marmorboden rufen dir zu: Menschen dritter Klasse sind hier unerwünscht.

141

Big Bear Lake zweitausend Meter über Meer: Der Beginn deiner Zahnprobleme.

Also schickst du dich in dein Schicksal:

Ein Zahnarztstudent wird dir morgen um acht Uhr ein bis zwei Zahnnerven eliminieren, zwei noch lebendige Zahnwurzeln in zwei tote Zahnstifte verwandeln und mit irgendeiner Füllung die Löcher zukleistern.

Natürlich kannst du nicht einschlafen, und morgens um zwei Uhr a.m. rufst du deine Mutter an, die dir Geld für den Zahnarzt schicken möchte, doch brauchst du nur die Telefonnummer deiner Zahnarztpraxis in der Heimat, die die Röntgenbilder deiner schwachen Zähne verwaltet und dir vielleicht mitteilen kann, ob der Verlust zweier Nerven Tausende von Kilometern entfernt von der sicheren und zivilisierten und zahnmedizinisch, -technisch und kostenmässig weltweit führenden Schweiz in deinem Fall angebracht sein könnte oder nicht.

Was sie nicht kann, of course.

Fast eine Stunde lang dauert die Telefoniererei, weil der Empfang so schlecht ist, dass du auf dem halben Campingground herumgehen und dich so verdächtig machen musst, dass einmal ein Campingverantwortlicher in seinem Fahrzeug auftaucht und dich anfaucht, was du hier zu suchen hättest.

Punkt acht Uhr, nach dem Gang zur Toilette, die du sofort wieder verlassen hast, weil irgendeiner mal wieder die halbe Blase auf den Boden statt in die Schüssel entleert hat und du nur ungern mit urinierten Schuhsohlen eine Zahnarztpraxis, und sei diese noch so weitläufig und überdimensioniert, betrittst, betrittst du die Wartehalle, die schon fast gefüllt ist.

Und diesmal bist du sogar der dritte oder vierte, der freundlich aufgerufen und freundlich gefragt wird, wie es dir heute gehe.

Heute findet die Behandlung in einer anderen Koje statt, hinten links im Saal, und der Aufsicht führende Professor, der offensichtlich deinen Fall – und damit auch dich – kennt, begrüsst dich mit einem verständnisvollen Nicken.

Deine grösste Sorge gilt deinen noch intakten Zahnwurzelnerven und du bist gewillt, dich für deren Weiterexistenz mit allen dir zur Verfügung stehenden sprachlichen, gestischen und mimischen Mitteln einzusetzen, was dir insoweit gelingt, als dass der Zahnarztlehrling dem Kompromiss zustimmt, diese nur entfernen zu wollen, wenn es wirklich nicht mehr anders gehe.

Und nach einem Fastfoodtalk über Barcelona und dessen unsäglichen Verkehr beginnt der schreckliche zahnärztliche Lebensernst mit zwei Betäubungsspritzen in das Zahnfleisch und den oberen Gaumen oberhalb der oberen Schaufelzähne, nachdem du ihm erstens kundgetan, du hättest bei der letzten Bohrerei auf eine Spritze verzichtet und zweitens bestätigt hast, du würdest auf örtliche Betäubungsmittel nicht allergisch reagieren, was du übrigens schon am Vortag bei der Beantwortung Hunderter von Suggestivfragen auf einem der Formulare in schriftlicher Form bereits getan hast.

Besonders unangenehm ist der quälend langsame Stich direkt ins Mittelhirn, aber nachdem dir Bryan T. versichert hat, er kenne deine Gefühle, er habe im Laufe seiner Ausbildung mindestens zwanzig derartige Spritzen von Studienkolleginnen und -kollegen gespritzt erhalten, wird dir etwas weniger mulmig zumute.

Du darfst dafür, wie alle anderen Patient:innen auch, eine modische, hellgrüne, grosse Plastikbrille tragen, so dass die Verletzungs- und Versäuberungsgefahr deiner Augen auf ein Minimum beschränkt wird.

Und als deine Oberlippe und deine Nase beginnen, gefühllos zu werden und ballonartig aufzuschwellen scheinen, wird ein grünes Gummistückchen an den zu behandelnden Zähnen und einem kleinen Gestellchen befestigt, damit die Bohrreste, Chemikalien und Bluttropfen aufgefangen werden und du sie nicht hinunterschlucken musst, wie du das bisher immer hast tun müssen:

Ein echter, zahnmedizinischer Fortschritt, denkst du, aber erst, als du nach zwei Fehlversuchen endlich erleichtert merkst, weshalb der zukünftige Dentist mit derart furchterregenden Zahnklammern und Metallzangen über eine Viertelstunde lang an dir und deinem Gebiss herumgewerkelt hat.

In jener Phase ist dir der Haarschnitt in den Sinn gekommen, den du von einem ehemaligen Schüler in seinem ersten Coiffeur-Lehrlingsjahr erhalten hast: Über eine Stunde lang schnipselte und knipselte er an deinen Haarsträhnen herum und am Schluss war die neue Frisur noch weniger wert als der niedrige Preis...

Weshalb in aller Welt musst du auch jetzt wieder in die Fänge eines ungeschickten amerikanischen Lehrlings fallen? Wie wird erst die Bohrerei sein, das Auffüllen und Schleifen der Füllung, das eventuelle Abmurksen zweier intakter Zahnnerven?

Kalter Angstschweiss bedeckt jene Teile deines Körpers, die auf der Plastikfolie liegen, als Bryan den grossen Bohrer zur Hand nimmt, sich damit deinen Zahnlücken nähert, den Motor einschaltet und losbohrt – und obwohl du dir wie ein Bergwerk vorkommst, in dem mit Pressluftbohrern nach Gold und Silber gesucht wird, spürst du, dass der angehende Zahnmediziner sehr vorsichtig, ruhig, geschickt und sanft bohrt, zuerst mit einem gröberen, tieftonigen, danach mit einem feinen, schrillen Bohrkopf.

Nach rund einer Stunde ist der erste Teil der Arbeit abgeschlossen – ein Dentist-Professor, von dem du knapp den Hinterkopf, der an einen kahlgeschorenen Boxerschädel erinnert, und die goldgerahmte Brille siehst, macht seine Visite, beschaut die Röntgenaufnahme, die fein gebohrten Löcher und dich, der aus der «Shueits» kommt, macht einige Spässchen, gibt einige Tipps – u.a. den, das Vernichten der Nerven sei nicht unbedingt notwendig – und geht wieder.

Und von jetzt an bist du ganz entspannt und happy,

kannst du relaxen, die Behandlung geniessen, denn was jetzt noch kommt, ist das reinste Vergnügen:

Desinfizieren, salben, Füllmaterial auftragen, abschleifen, polieren, fertig.

Und wie beim Friseur wird dir nach zwei Stunden ein Spiegelchen vor den Mund gehalten, du versuchst trotz betäubter Lippen zu lächeln und bist zufrieden, höchst zufrieden mit dem Ergebnis:

Great, really great!

Und jetzt erscheint auch der zweite Chef dieses Dentist School-Praxis-Ausbildungssaals, begutachtet das Resultat der hundertzwanzigminütigen Arbeit, unterschreibt das Protokoll, das Ryan T. schnell erstellt hat, bestätigt den Tarif, unterhält sich mit dir über die Schweiz, Zermatt und das Skifahren und wünscht dir zum Schluss alles Gute und schärft dir noch einmal ein, das sei wirklich nur eine provisorische Lösung und du sollest in der Schweiz deine Dentistin aufsuchen.

Beeindruckt, erleichtert, zufrieden bezahlst du an der Kasse die einundfünfzig Dollar, willst deinem Zahnarzt ein Trinkgeld geben, das dieser jedoch ablehnt: Das sei nicht erlaubt, aber er danke dir trotzdem und «goodbye, Maatn».

Mit einem ausgezeichnet reparierten und deshalb wieder einigermassen passablen Gebiss, einer hohen Achtung vor der «School of Dentistry» und zwei weiterhin intakten Zahnwurzelnerven kehrst du zurück zu deinen zwei Lieben, die dich auf dem grossen Parkplatz dieser

grossen University im kleinen Homemobil schon sehnlichst erwarten.

22. November 2000

How to become a patient

LOMA LINDA UNIVERSITY
SCHOOL OF
DENTISTRY
CLINICS

Wie du ein Dentist-Patient wirst: Beiss lustvoll in einen knackigen Apfel...

aus: Flyer 2000, Loma Linda University, 11092 Anderson Street, CA 92354

25 Thanksgiving Day

Immer am vierten Donnerstag im November ist «Thanksgiving Day» – ein Feiertag, der dem Danken dient – den Angehörigen, den Lehrerinnen und Lehrern, Chefinnen und Chefs, Trainerinnen, Trainern, Nachbarinnen, Nachbarn, dem Staat, der Natur.

Und weil eben ein Tag meist nicht ausreicht, um seine Dankbarkeit zu zeigen, machen alle, die können, die Brücke.

Und was bei uns der Oster- und Pfingstverkehr, ist hier der Thanksgiving-Day-Verkehr: Alle sind unterwegs auf den gleichen Autobahnen, und alle stauen sich Jahr für Jahr an den gleichen Stellen.

Aber natürlich geht die Dankbarkeit nicht so weit, dass man auch dem Verkaufspersonal einen freien Tag gönnen würde – die Geschäfte, Supermarkets und Shopping Centers sind alle offen – die Freiheit, jederzeit und überall shoppen zu dürfen, ist ein in der amerikanischen Verfassung verankertes Menschenrecht.

Auch auf unserem Campground ist Feiertag – wenigstens ab vier p.m.

Schon am Vormittag haben sich alle, die an der Feier teilnehmen möchten, auf einer Liste im Restaurant eingetragen: Wie sie heissen, was sie mitnehmen.

Wir notieren unsere drei Namen und nehmen «1 salad

and 1 cake» mit, Foodartikel, die wir danach selbstverständlich im Riesensuperstore zehn Meilen von hier eingekauft haben: Den «Thanksgiving Day Chocolate Cake» zum Beispiel, eine Art Sacher Torte, nur doppelt so dunkel, doppelt so süss und mit mindestens doppelt so vielen Kalorien, der für sage und schreibe nur vier Dollar zu haben war.

Ab drei dreissig p.m. wird das Buffett aufgestellt – auf dem zu diesem Zweck umfunktionierten und mit einem Blumenstrauss festlich dekorierten Billardtisch werden die mitgebrachten Fressalien sorgfältig platziert, und der Desserttisch entsteht gleich daneben.

Punkt vier Uhr fünfzehn p.m. sind alle da, das heisst etwa fünfundzwanzig Personen sitzen an ihren Plätzen vor ihren Karton- oder Plastik- oder Porzellantellern und warten auf die Eröffnung der Festlichkeit.

Jetzt tritt eine ältere Dame vor die Versammlung, bittet darum, dass irgend jemand das Essen mit einem Thanksgiving-Day-Tischgebet freigeben könnte – spasseshalber wird nach einem Priester oder Pfarrer gesucht – dann stellt sich einer neben die Frau, macht diverse Faxen und Verrenkungen, bis schliesslich ein Mann mit weissem Bart hinten rechts aufsteht, etwas von «Lord» und «Jesus» murmelt und damit das Zeichen zur Erstürmung des Foodaltars gibt:

Sofort bildet sich ein geschlossener Kreis um den Billardtisch und eifrig werden die Teller mit Kartoffelstock, Erbsen, Champignons, Truthahnfleisch, Randen, Eiern, Broccolisalat, Maissalat etc. gefüllt.

Und da wir in den USA sind, hat alles seine Ordnung: Der Kreis dreht sich im Uhrzeigersinn, bis alle von allem etwas auf ihrem Teller haben und sich hinsetzen und mit Fooden beginnen können.

Die Getränke haben alle selbst mitgebracht, meist Aludosen-Softdrinks, nur einer hat kalifornischen Wein bereitgestellt, von dem einige wenige je ein halbes Becherchen probieren.

Zwischen den Bissen werden intensive Gespräche geführt:

Der Mann links zum Beispiel steht jeden Tag um halb vier Uhr früh auf, fährt neunzig Meilen zur Arbeit und kehrt um halb sechs Uhr wieder zurück, und das fünf Mal wöchentlich,

die Frau mit der rauchigen Stimme vis-à-vis hat heute Geburtstag und ihren Mann via E-Mails kennengelernt, das erste Mal in Las Vegas gesehen und gleich danach geheiratet,

der Mann dort hinten hat schon in Kanada, in Dänemark, in Spanien gelebt und einmal drei Wochen wegen Devisenschmuggels im Gefängnis gesessen,

die junge Frau rechts isst am liebsten Kartoffelstock und wird am Schluss einen mit Brei gefüllten Plastiksack mit nach Hause nehmen,

und der ältere Herr mit der Zahnlücke erzahlt, Bushhabe ihn kürzlich angerufen und ihm mitgeteilt, dass – wenn er Präsident werde – er ihn zum US-Botschafter in der Schweiz ernennen würde.

Um fünf Uhr p.m. sind alle mit dem Vertilgen des Desserts beschäftigt, dem Verschlingen klebriger Schokoladetorten, -kuchen und -kekse, klebriger Früchtecakes, gesüssten Schlagrahms, honigsüsser Mandel-, Rahm- und Marzipancakes.

Und eine halbe Stunde später ist es bereits stockdunkel draussen – Zeit zum Aufbrechen:

Die einen räumen auf, werfen das Wegwerfgeschirr und die Essensreste in den grossen Abfalleimer, die andern gehen unter die Dusche und danach für eine halbe Stunde in den Hot Tub, in dem das Wasser wegen Wassermangels nur einmal jährlich gewechselt wird, und die dritten sind entweder bereits klammheimlich verschwunden oder beenden noch rasch ihre angefangenen Tischgespräche.

Ein paar Unentwegte sowie drei, vier Kinder beleben um sechs p.m. noch die ehemals festliche Szene und schon um sechs Uhr dreissig p.m. erinnert nichts mehr daran, dass hier in diesem Saal eben noch ein Thanksgiving-Day-Festmahl stattgefunden hat.

Effizient! Effizient!

Wie endlos und schleppend würde dagegen bei uns in der Schweiz derselbe Anlass aussehen:

Bis nur erst alle Gäste eingetroffen wären, würden Stunden vergehen, und das Essen zöge sich unendlich in die Länge. Um sechs Uhr gäb's vielleicht einmal einen

Apéro, um zwanzig Uhr, wenn hier fast alle bereits tief und fest schlafen, die Hauptspeise, um Mitternacht das Dessert und um sieben Uhr a.m., wenn hier schon alle ausgeschlafen, erholt und munter sind, würden die letzten Gäste eventuell endlich die Güte haben, sich zu verabschieden.

Dazu käme der Alkohol, der Zigarettenqualm.

Hinzu käme das Auf-, Weg- und Abräumen am Tag danach.

Kämen die Müdigkeit, der Kater.

Thanksgiving Day:

Thanks für diese eindrückliche amerikanische Festessen-Lektion!

24. November 2000

Reichhaltig gefüllter Thanksgiving-Day-Billardtisch im Club-lokal.

26 Swiss Cheese

Seit acht Wochen sind wir nun unterwegs in Kalifornien, mit Kind, Frau, mir und unserem Wohnmobil.

Und seit acht Wochen lese ich täglich mindestens eine amerikanische Zeitung.

Zwar nicht immer die gleiche, aber immer etwa mit gleicher politischer Ausrichtung. Und während ich am Anfang meines Trips von den Headlines vielleicht etwas mehr als die Hälfte verstand, bin ich nun in der Lage, praktisch alle so zu interpretieren, dass ich ungefähr eine Ahnung habe, was eventuell gemeint sein könnte.

Besonders im Sportteil sind für mich noch manche Schlagzeilen ziemlich rätselhaft: «Lakers side with Rider in blowup», «Moss thrives in Texas», «Mc Allister lifts Ole Miss» usw., Newstitel nur für eingefleischte Insider:innen offenbar, zu denen ich – so habe ich das Gefühl – auch nach einem halben Jahr – noch lange nicht gehören würde, da ich von den hiesigen Hauptsportarten wahrscheinlich weiterhin kaum mehr als den Namen wüsste.

Deshalb zurück zum Titel, dem «Swiss cheese», den man tatsächlich im ganzen Land in jedem kleineren oder grösseren Store plastikverpackt und in Scheibchen geschnitten kaufen kann.

Der gerade hier vor mir liegende etwa, der «Deli Deluxe

Natural Swiss Cheese», der am 19. März 2001 um 02.30 Uhr – a.m. oder p.m.? – abläuft und zwei Dollar neunzig kostet, wurde von der «Kraft Foods Inc.» in Glenview, Illinois, hergestellt, und auch die unzähligen «Swiss Miss»-Schoko-, Kakao- und Milchpulver-, die «Swiss Chocolate»- oder die «Swiss-Spa»-Shampoo-etc.-Produkte stammen alle aus US-Betrieben innerhalb der USA.

Nur einmal erwischte ich einen «Swiss Cheese» aus Europa, aus Austria nämlich, und der war genauso gut wie alle US-«Swiss-Cheeses» in Kalifornien oder die Swiss-«Swiss-Cheeses», die man in der Schweiz kaufen kann.

Woraus folgt, dass der Begriff «Swiss» hierzulande immer noch als Qualitätsmerkmal gilt, noch immer in vieler Munde ist und offenbar von vielen als Wohltat für Body, Hair and Soul empfunden wird.

Und das Märchen, dass die Amerikaner:innen die Schweiz stets mit Schweden verwechseln würden, hat sich nicht bestätigt:

Die Leute, kaum hören sie, dass wir aus der Schweiz hierher gereist sind, sind begeistert von den schönen Bergen, dem schönen Schnee, den schönen Dörfern und «Ssstockholm», der schönen Schweizer Hauptstadt.

Während also «Switzerland» in den endlosen Regalen der gigantischen Foodstore-Hallen am Rand der Städte und in den verrosteten Gittergestellchen der Dorfshöpleins immer und ziemlich prominent vertreten ist und die Leute mit dem Namen dieses winzigen Ländchens durchaus etwas anzufangen wissen, existiert unser wonderfules Land in den Tageszeitungen praktisch nicht:

Dass beispielsweise der beliebte Bundesrat Ogi zurücktritt, musste ich von meiner Mutter am Telefon erfahren. Über die Schlammlawinenkatastrophe wurde mit einem Vierzeiler auf der Wetterseite in allerkürzester Kürze berichtet und über die Holocaust-Banken-Vereinbarung gab's einmal einen etwas grösseren Artikel, in dem Switzerland inklusive den Swiss Banks CS und UBS sehr negativ, sehr rechthaberisch und sehr uneinsichtig dargestellt wurden.

Positives über die Schweiz?

Fehlanzeige.

Darum schnell zurück zum Sportteil – denn wer regelmässig etwas, was mit «Switzerland» in Verbindung gebracht werden könnte, lesen möchte, blättere in den «Sports»-Seiten: Hier wirst du fündig.

Einmal «Skiing».

Hundertmal «Tennis».

Hier erfährst du, was Roger Federer, Marc Rosset und George Bastl, Switzerland, so machen an den Turnieren, winzig klein gedruckt zwar, aber immerhin.

Richtig gross in Schrift und Bild erscheint nur eine:

MARTINA.

HINGIS.

Switzerland.

Mehrmals mit Fotos, Interviews, mit langen Texten über den Turnier-, den Match-, den Satz-, den Spielverlauf, Martina Hingis wird zitiert, fröhlich lacht sie die Sportteilleserinnen und -leser an, und alle wissen:

Martina Hingis kommt aus der Schweiz, ist die wahre «Swiss Miss», repräsentiert «Switzerland» wie niemand sonst.

Die Number One im Tennis, Switzerland, hat dieses Halbfinale, jenes Finale, diese Championships gewonnen, hat dieses Finale, jenes Halbfinale knapp nicht erreicht, aus diesen und jenen Gründen.

Martina Hingis, Switzerland, ist hier in Kalifornien, hier in den Vereinigten Staaten ein Begriff, ein Markenzeichen, ein Star.

Fast alle Kinder und Erwachsenen kennen ihren Namen und wissen, woher sie kommt:

Aus Switzerland.

Und die vereinigte Schweiz und die Vereinigte Bundesversammlung und die vereinigten schweizerischen Banken-, Sport- und Wirtschaftsverbände könnten tun und machen, was sie wollten: Niemals hätten sie auch nur annähernd jene – positive – Präsenz, die Martina Hingis, Switzerland, hier in den USA – und weltweit –

hat.

Und da kommen die kleinkarierten, parteiischen, unfairen und ungerechten schweizerischen Sportjournalist:innen und wählen nicht etwa Martina Hingis, die Nummer Eins im Frauentennis, zur Sportlerin des Jahres, sondern die sympathische A. W. aus Gümligen bei Bern, von der man ausser in Liechtenstein noch nirgendwo sonst im Ausland je etwas gehört hat.

Und erwähnst du in der Schweiz den Namen Martina Hingis – ist das Echo oft negativ...

Hier hingegen ist Martina Hingis ein Weltstar und ein Qualitätsmerkmal.

Hier ist Martina Hingis die beste Botschafterin, die man sich vorstellen kann und die «Switzerland» jemals hatte.

Und die mit keinem Geld der Welt zu ersetzen ist.

24. November 2000

Hingis wins at last in Switzerland

Whips Davenport in three sets

ASSOCIATED PRESS

ZURICH, Switzerland — Martina Hingis won a title for the first time in her home country, delighting a foot-stomping crowd Sunday with a 6-4, 4-6, 7-5 victory over Lindsay Davenport in the Swisscom Challenge.

Hingis prevailed in a match between the world's top two players. Davenport, coming back after a three-week layoff because of injury, lost for the first time in 21 matches in Switzerland.

"It means twice as much to win here," Hingis said after winning her 33nd WTA singles title. "I'm sorry I had to beat Lindsay and

end her winning streak here, but I really wanted to win."

The top-ranked Hingis made her debut in this tournament six years ago at 14. She had reached the finals twice before, losing in straight sets in 1996 and 1999.

Hingis and Davenport have been vying for the top spot the last two years. Davenport took the No. 1 ranking from Hingis in 1998 when the Swiss star withdrew because of injury.

Hingis did not play for Switzerland at the Olympics or the Fed Cup, and this victory went a long way toward returning to good standing with Swiss fans.

Hingis proved too tough in the third set. With the score 5-5, she seemed unwilling to let her chance at winning slip away. She accumulated two match points on her op-

ponent's serve and won when Davenport netted a forehand.

"I was trying to hit too good instead of playing relaxed and hitting it smoothly," Davenport said.

"At the end I just couldn't win that last game and that was a bit of a disappointment," Davenport said.

Henman takes title

VIENNA, Austria — Tim Henman, pounding his chest in satisfaction, won his first title in two years Sunday when he defeated Tommy Haas, 6-4, 6-4, 6-4, to capture the $800,000 CA Trophy tournament.

In beating the Olympic silver medalist from Germany, Henman made good passing shots to counter his opponent's rushes to the net.

Henman's previous title came two years ago at the Swiss Indoors when he beat Andre Agassi. He had lost his previous seven finals.

This was the first ML_
without three-time champio_
United, making RFK Stad_
neutral site. Still, the gam_
39,159 fans.

Like many soccer fina_
game was mostly tight and_
and hardly a showcase of_
plays. Molnar's goal wasn't_
a classic, while teammate_
Klein botched a breakawa_
could have made it 2-0 in th_
half.

One of Chicago's best_
chances resulted from a u_
shot, and another came on t_
bounce after a blocked free_

Stoitchkov, the Fire's fl_
ant Bulgarian star, called_
ball early and often and_
with the referee when call_
go his way. Often heavily m_
he sometimes found space_
wings and rattled the left po_
a left-footer from 12 yards_
25th minute.

He also went down afte_
sandwiched in the penalty_
tween Meola and defende_
Garcia in the 60th minute,_
foul was called.

Molnar's goal came afte_
made a nice run down th_
wing.

«San Francisco Examiner», Montag, 16.10.2000:
«HINGIS WINS... IN SWITZERLAND»

27 Bingo

Um sechs p.m. versammeln sich alle über Fünfundsieb-zigjährigen im kleinen Saal zwischen dem Restaurant und dem Hallenbad.

Samstagabend: Bingozeit!

Wir schauen durch die grossen Fenster, und schon kommt ein fitter Siebenundsiebziger mit grossem, grauem Rossschwanz und schlottrigen Kleidern heraus und muntert uns auf, einzutreten.

Es sei kinderleicht, nicht teuer und man könne etwas gewinnen.

Also treten wir ein, Enkelkinder in dieser Greisenparty, gehen zur Kasse, an der zwei begeisterte Damen sitzen und erklären, wie's funktioniert:

Ein Dollar für sechzehn Durchgänge, fünf Karten, fünf Dollar.

Ganz zuhinterst setzen wir uns hin, fast die letzten sind wir, der Meister auf der Bühne wird schon ungeduldig, denn um neun Uhr muss alles geräumt sein: Da beginnt die Samstagabend-Disco.

Um zehn nach sechs sitzen alle vor ihren fünf bis zwan-zig Karten, grossen, grünen Kartonscheiben, die je etwa fünfundzwanzig verschiedene Nummern enthalten, die mit einem schwarzen Schieberchen verdeckt werden können.

Gespanntes Warten – dann beginnt's mit einem Eröffnungszeremoniell, bei dem eine alte Dame eine Glocke anschlagen darf und drei Dollar gewinnt.

Erstes Spiel: Wer zuerst ein Quadrat aus neun verdeckten Zahlen schafft, hat fünf Dollar gewonnen.

Der Maestro lässt die Trommel, in der sich die siebenundsiebzig Nummern befinden, drehen, elektrisch, und zieht eine Zahl nach der andern. Jede gezogene Nummer leuchtet auf einer grossen Anzeigetafel an der linken Wand auf und wird noch einmal wiederholt: «U17», «D45», «E67» etc. etc.

Und je länger das Spiel dauert, desto öfter kommt es vor, dass ein Schrei des Entzückens oder der Enttäuschung zu hören ist, und wenn es dann endlich drei gleichzeitig geschafft haben, herrscht ein Lärm wie in einem frontalen Schulzimmer nach der Pausenglocke.

Und damit alles mit rechten Dingen zugeht, kontrolliert eine Helferin des Conferenciers die drei Karten, indem sie laut und langsam die neun zugedeckten Nummern in den Saal hinaus ruft, so dass alle alles überprüfen können.

Zweite Runde: Diesmal ist die zu füllende Figur ein grosses X. Nachdem wir uns erkundigt haben, ob wir wirklich alle aufgerufenen Nummern zuzudecken hätten oder nur diejenigen, die auf dem X lägen, was ja logischerweise nur genau so gemeint sein kann, da es wahrscheinlich rund hunderttausend Runden brauchen würde, bis jemand zufälligerweise nur gerade jene Zahlen der vorgegebenen Figur zugedeckt hätte und sonst keine einzige andere Zahl, fiebern wir mit unseren vier Karten und dem ganzen Altersheimverein mit und warten gespannt auf die nächsten dreissig Zahlen.

Da unser Söhnchen ebenfalls Gefallen am Zahlenzudecken gefunden hat, überlassen wir ihm grosszügigerweise eine Karte, auf der er dann in Windeseile alle Schieberchen auf- und zu- und auf- und zu- und auf- und zuschiebt.

Wieder nichts, wieder nur knapp am Gewinn vorbei.

Nach der dritten Runde verlasse ich mit meinem Sohn die fröhliche Bingorunde, weil er angefangen hat, die Karte zu zerreissen, was natürlich nicht drinliegt, denn diese Karten sind bestimmt schon über dreissigjährig und tausende Male gebraucht worden.

Niemand winkt uns nach – alle sind zu sehr mit sich und den verflixten Zahlen beschäftigt.

Meine Partnerin hat dann den Rest des Abends im Kreise dieser alten amerikanischen Herrschaften verbracht.

«Ich habe etwas gewonnen!», jubelt sie, als sie um halb zehn unser Mobilhome betritt und mich neben meinem schlafenden Söhnchen unsanft weckt: «Dieses schöne T-Shirt in der allerletzten Runde!»

Fünf Dollar für drei Stunden Spass und ein T-Shirt: Nicht schlecht.

Null Dollar für zwei Stunden Schlaf und null T-Shirt: Viiiel besser.

26. November 2000

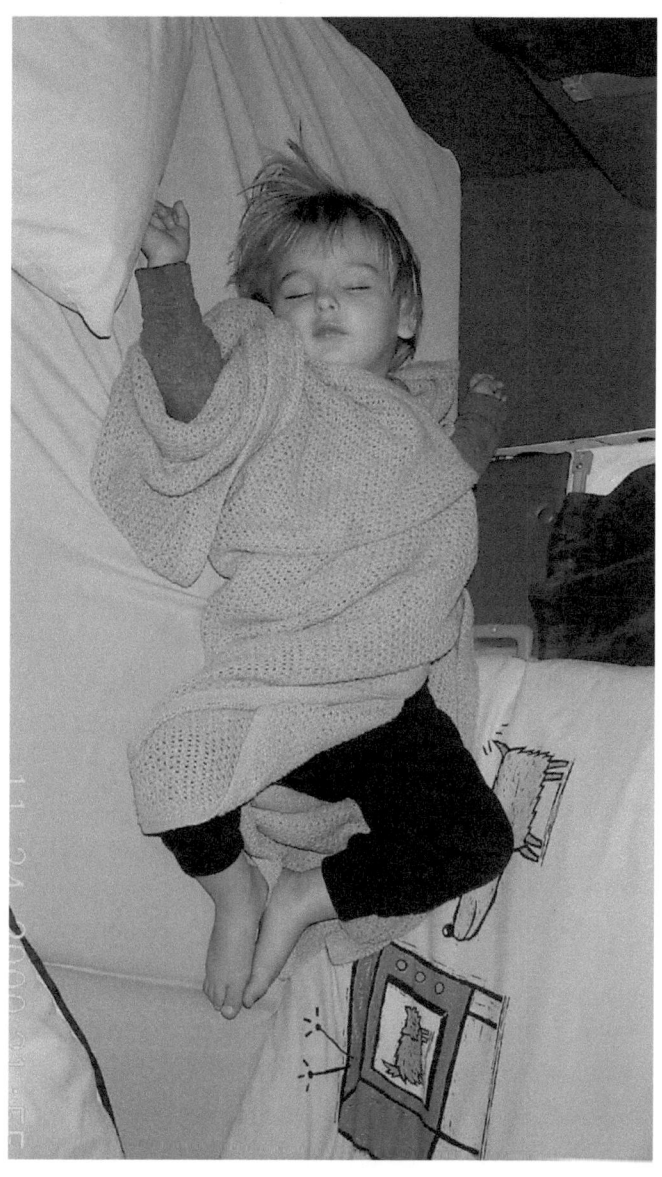

Unser selig schlafender Sohn im Mobilhome – nach dem Bingo-Stress.

28 Disneyland

Anaheim ist leicht zu finden, vorausgesetzt du hast eine amerikanische Strassenkarte, auf der die Strassennummern und -namen eingezeichnet sind.

Weniger einfach ist es, Disneyland zu finden: Nirgendwo ein Hinweisschild, ein Wegweiser, eine Reklametafel. Denn schliesslich ist dieser Unterhaltungs-, Abenteuer- und Spasspark so weltberühmt, dass eh alle wissen sollten, wo er sich befindet...

Nur wir kurven herum in Anaheim, landen auf dem Parkplatz eines riesigen Einkaufscenters, aus dem wir kaum mehr hinausfinden, über- und unterqueren zwölfspurige Autobahnen, traversieren riesige Kreuzungen, biegen rechts ab, spuren links ein, wechseln die Fahrspuren, orientieren uns im immer dämmeriger werdenden Licht anhand der Strassennamen und der Karte, glauben, ganz nahe zu sein, sehen ein Schild: «RV-Park», schwenken ein, parkieren, stellen den Motor ab, sind erleichtert, dass wir's geschafft haben.

Allzu weit kann es nicht sein, die Harborstreet und die Freeway Number Five sollten eigentlich ganz in der Nähe des Disneylands sein, was auch so ist, wie's sich herausstellt: Eine halbe Meile vom Eingang des Parks entfernt kann der RV-Park noch so eng, so einfach und hässlich sein – da wird fast jeder Preis bezahlt.

Am nächsten Morgen fahren wir eine Busstation weiter

für je einen Dollar für Kind, Frau und mich, steigen aus, holen uns zwei Tickets für zweiundachtzig Dollar und wollen bis zehn Uhr warten – zusammen mit Hunderten anderer – vor dem grossen Eingangsportal, das aus Dutzenden schmaler Eingangspforten besteht, durch die jetzt nur die Reichen, die sich eine Übernachtung in einem der Disney-Hotels leisten konnten, hindurchschlüpfen dürfen.

Plötzlich jedoch öffnen sich um halb zehn alle Tore auch für die Minderbemittelten und wir stehen unverhofft früh im gelobten Land, wo Milch, Zauber, Honig und Fantasie in Hülle fliessen, biegen ein in die Mainstreet, wo wir zuallererst für sieben Dollar einen «Stroller» für unseren Kleinen mieten, der dann im Laufe des Tages insgesamt nicht mehr als zwanzig Sekunden drin verbringen wird, und bestaunen die Weihnachtsdekorationen, Geschäfte und Restaurants links und rechts.

Schon bei der nächsten Kreuzung steht ein freundlich lächelnder Polizist, der stets freundlich lächelt, weil er gemäss Pflichtenheft dazu verpflichtet ist, denn täte er es nicht, hätte er auch wirklich nichts mehr zu lachen, da er entlassen würde, hinter einer Strassensperre, die aus einem dünnen, kaum sichtbaren Seilchen besteht, und eine gewaltige Lautsprecherstimme donnert über halb Anaheim, Disneyland öffne um zehn Uhr, und bis dahin könne man sich in den Geschäften und Lokalen der Mainstreet die Zeit vertreiben.

Toll, diese Geschäftemacherei – und auch wir konsumieren etwas, stimmungsvoll angeregt durch Weihnachts- und Adventsmusik.

Und nach dieser Shoppingpause ist endlich-endlich der Weg frei ins Adventure-, Fantasy-, Tommorrow-, Etceteraland, und nach wenigen Metern empfängt uns eine fröhlich aufspielende, von einem phänomenalen Steptänzer begleitete Brassband, die ein Stück ums andere spielt und uns kostbare Minuten unserer teuren Micky-Mouse-Zeit wegstiehlt.

Eindrücklich, die stilecht nachgebauten New Orleans-Häuser, die sorgfältig, fantasie- und liebevoll gestalteten Parkanlagen, die sauberen Wege und Strassen – alle zehn Meter steht ein Abfalleimer, alle hundert Meter begegnet uns ein sonntäglich gekleideter und freundlich lächelnder Strassenwischer und alle vierhundert Meter gibt's eine kleine Smoking-Area –, die vielen Teiche, Brunnen und kleinen Seen, die dschungelähnlichen Wäldchen und Inselchen.

In letzter Sekunde besteigen wir den Disneyland Railtrain und machen eine Rundfahrt, die uns in den zwei Tunnels ein Riesenpanorama des Grand Canyon mit vielen reglosen, ausgestopften Elchen und die verlorene Welt der echt wirkenden, weil sich bewegenden Riesendinosaurier zeigt und uns auf alles, was wir verpassen könnten, aufmerksam macht.

Und, naiv wie wir sind, betreten wir bald darauf ein harmlos und vornehm-klassisch-britisch wirkendes Wohnhaus, eine Art Villa, vor der uns ein freundlich

lächelnder, perfekt gekleideter Diener empfängt und

uns den Weg ins Innere weist.

Andere folgen uns, und als die Eingangshalle halb voll ist, beginnt eine grässliche Stimme, uns vor diesem Haunted House zu warnen, in dem es plötzlich blitzt und donnert, der Boden den Halt verliert und liftmässig in den Untergrund rattert.

Und dann folgt eine nie dagewesene, riesige unterirdische Geisterbahn mit einer Fülle von Monstern, Gespenstern, Geistern, lebenden Toten, toten Lebenden, schauerlichen Geräuschen, fürchterlichen Schreien, schrecklichem Gelächter, es rüttelt und schüttelt uns, und wir machen uns Sorgen um unseren zweieinhalbjährigen Sohn, der Wochen, Monate, wenn nicht Jahre brauchen würde, um das Gesehene, Gehörte und traumatisierend Erlebte einigermassen verarbeiten zu können – wenn überhaupt je einmal.

Und als endlich der Spuk vorüber und das Tageslicht wieder in Sichtweite ist und wir aufatmen dürfen, erkennen wir auf den ersten Blick, dass es dem Vater mehr gegrauset hat als dem Kind und wir also ohne Weiteres sämtliche übrigen Alptraum- und anderen Bahnen besuchen können, ohne unserem Söhnchen irgendeinen Schaden zuzufügen. Was wir denn auch ausgiebig tun, denn die Warteschlangen sind so kurz, dass wir am Ende des Tages praktisch alles, was es zu sehen gibt, gesehen haben.

Ein Tag im Disneyland: Der Fantasie sind kaum Grenzen gesetzt. Und wenn uns einiges, das uns geboten wird, auch ziemlich einfältig erscheint – zum Beispiel die

«Autopia»-Bahn mit Autos, die auf Schienen fahren, als ob es ausserhalb des Parks nicht sowieso schon x Millionen zuviele davon gäbe –: Das Meiste ist ausgesprochen gut und kindergerecht konzipiert und spricht alle wenigstens noch teilchenweise kindgebliebenen Erwachsenen ziemlich an.

Wie wäre unsere Welt doch um einiges besser, wenn etwas von diesem Zauber, dieser unverdorbenen Fröhlich- und Herzlichkeit, dieser Unbekümmertheit, Naivität und Friedlichkeit, diesem Spass und dieser Freude am Leben einfliessen würde in die Entscheide der meist so ernsthaften, freudlosen und so echt erwachsenen Erwachsenen.

Walt Disney war ein Genie.

Schliesslich habe auch ich als Knabe alle seine Comic-Geschichten verschlungen.

Vielleicht ist Disneyland doch etwas mehr als nur kitschiger, typisch amerikanischer Quatsch.

29. November 2000

Skizzen des zweieinhalbjährigen Sohns, in denen er den Disneyland-Besuch verarbeitet.

29 Traffic

Das Hauptproblem Kaliforniens ist – meines Erachtens – der überbordende Verkehr.

Der Individualverkehr mit seinen Abermillionen von Autos.

Sind die riesigen Freeways und Highways sowie die gigantischen Parkplatzwüsten.

Wer's nicht glaubt, dass das Auto nicht die Lösung des Verkehrsproblems sein kann, komme nach California.

Der Schock, wenn du zum erstenmal auf einer zehnspurigen Autobahn fährst.

Der Schrecken, wenn du mit siebzig Meilen auf dem Tacho, der absoluten Höchstgeschwindigkeit, ständig links und rechts frisch-fröhlich überholt wirst.

Das Entsetzen, wenn sie einen Meter vor dir unvermittelt von links in deine Spur einschwenken, dann sofort auf die Spur rechts vor dir wechseln und danach auf die Autobahnausfahrt zuzischen.

Der Stress, wenn du gemütlich auf der Lane ganz rechts aussen dahinbraust und dann plötzlich auf einer anderen Highway oder einer Ausfahrt landest, und du dann über eine halbe Stunde brauchst, bis du dich wieder auf jener Strasse befindest, auf der du sein müsstest, wenn du wirklich dorthin wolltest, wo du hin möchtest.

Der Terror, wenn dich ein riesiger Lastwagen über Dutzende von Meilen verfolgt, mal bis an deine Stossstange aufschliesst, mal hundert Meter zurückbleibt, wieder aufschliesst, wieder loslässt und dich erneut beinahe rammt.

Der Ärger, wenn du das kleine Freeway-Schildchen schon wieder nicht gesehen hast, weil's hinter einem Pfosten stand, verbogen oder nicht beleuchtet war und du erneut eine Autobahneinfahrt verpasst hast.

Der Frust, wenn du einen bestimmten Ort suchst und es keine Wegweiser gibt, sondern nur Schilder mit Strassennamen, die dir mitteilen, welche Strasse du querst, nicht aber, auf welcher Strasse du dich befindest oder wohin die Strasse führt.

Dein Staunen, wenn deine zwölf Meter breite, gut ausgebaute Passstrasse, auf der du seit einer halben Stunde dahinfährst, von einem Moment auf den andern unangekündigt nach einer Kurve aufhört und sich in einen unbefahrbaren Bergpfad verwandelt.

Dein Kopfschütteln, wenn dich zwei Meilen vor einer Baustelle zwei riesige, rote, gekreuzte Flaggen vor einer Baustelle warnen und dann eine Meile später eine Arbeiterin mit Helm und einer Warntafel mit der Aufschrift «SLOW» steht und dann nach einer weiteren Meile eine zweite behelmte Arbeiterin mit einem «STOP»-Signal und einem Funkgerät und du und die anderen Autos danach dem Lastwägelchen mit dem «FOLLOW»-Sign, das im Schritttempo die Baustelle, auf der zwei Strassenarbeiter herumwerkeln, passiert, zu folgen haben bis zu der Stelle, wo eine dritte Helm tragende Arbeiterin mit einem «STOP»-Schild auf den entgegenkommenden Verkehr wartet, gefolgt von der vierten mit der «SLOW»-Warntafel und den gekreuzten Flaggen.

Dein Achselzucken, wenn du auf einer Bergstrasse plötzlich angehalten wirst und erfährst, du müssest hier Dreiviertelstunden warten, weil der Strassenbelag erneuert und die Strasse nur zu jeder vollen Stunde für den Verkehr freigegeben werde.

Dein Aufatmen, wenn dein Tank immer leerer wird und nach fünfzig Meilen endlich wieder mal eine Tankstelle auftaucht.

Der Schrei, wenn's beim Rückwärtsfahren plötzlich knallt und eine Strassenlampe, die vorher bestimmt nicht da war, deine Stossstange zerbeult.

Das Kribbeln, wenn du bei Dunkelheit bei L. A. im Stau steckenbleibst und du vor, neben und hinter dir ein riesiges Lichtermeer siehst, eine rot, weiss und gelb leuchtende Milchstrasse, und du genau weisst, dass bei jedem funkelnden Pünktchen ein Menschlein wie du hinter dem Steuerrad sitzt und sich über die Grösse und die Schönheit und das Wunder sowie die Endlosigkeit des Universums freut.

Dein Grinsen, wenn du daran denkst, dass im Land der Zwergautobahnen heftigst um ein drittes Autobahnspürchen gestritten wird.

Die Erleichterung, wenn du heil, gesund und unversehrt das Fahrzeug, in dem du siebentausend Meilen blochtest, an den Besitzer zurückgeben kannst.

Die unbändige Freude, wenn du endlich wieder in einem anständigen öffentlichen Verkehrsmittel sitzt.

In einem Zug zum Beispiel.

Oder Bus.

In der Schweiz.

Ja genau.

2. Dezember 2000

Eines der Hauptprobleme Kaliforniens: der Verkehr

30 Nachwort

Update 1

Sommer 2018: Ferienaufenthalt in London. Dabei sind meine Tochter, mein zweitältester Sohn und ich.

Und Trump besucht die Queen.

London steht kopf, demonstriert, protestiert, sogar der Bürgermeister ist gegen den Besuch dieses US-Präsidenten in seiner Stadt.

Also aufgestanden im Dreisternehotel, gefrühstückt, und nichts wie hin an die Demo!

Wir besteigen die U-Bahn und je mehr wir uns dem Stadtzentrum nähern, desto mehr Protestierende steigen ein:

Gruppenweise, sich lautstark unterhaltend, Transparente tragend treten sie ein, so dass das ganze Abteil bald so voll ist wie in den «rush hours».

Bei den «Houses of Parliament» steigen wir aus, wo sich schon Tausende versammelt haben auf und neben dem grossen Rasenfeld vor dem Parlamentsgebäude.

Und was sofort ins Auge springt, ist das schwebende Trump-Baby, ein aufgeblasenes, Windeln tragendes, orangefarbenes, kreischendes Riesenbaby mit gelber

Schmählocke, Ausdruck der beissend-humoristisch verspottenden britischen Verachtung dieses widerlichen US-Idioten-Präsidenten, den man als strohdumm, ungebildet, hasserfüllt, eingebildet und kriminell erachtet.

Zehntausende weiterer Demonstrantinnen und Demonstranten aus ganz England werden erwartet, und es wird auch Leute geben, die Hunderte von Kilometern zurücklegen, nur um an diesem Anti-Trump-Ereignis dabeisein zu können.

Und wir drei sind sogar aus der Schweiz angereist...

Anwesend sind auch Dutzende von Medienvertreterinnen und -vertretern, die vor Ort live über diese gigantische Protestveranstaltung berichten, die vor laufenden Kameras die momentane Situation beschreiben und an der Demo Teilnehmende um deren Meinung fragen.

Im Zentrum, auf einem gekiesten Platz, stehen etwa zwanzig Personen in roten Overalls oder leuchtend gelben Sicherheitswesten mit der Aufschrift «TRUMP BABYSITTER», die verantwortlich sind für das Aufblasen, Abhebenlassen, Navigieren und Wiedereinholen dieses über zehn Meter grossen Baby-Trumps.

Die Stimmung ist friedlich, fröhlich, und alle haben Spass daran, es diesem im Trotzalter steckengebliebenen Fake- und Lügenpräsidenten zu zeigen:

Go home! Du bist hier unerwünscht! Lass unsere Queen in Ruhe!

Und viele haben Transparente mitgebracht, einige sind vorgedruckt, die meisten jedoch von Hand gezeichnet, kreativ gestaltet und mit eigenen Slogans versehen:

«DUMP TRUMP!»

«FAKE LEADER!»

«FIGHT RACISM!»

«UNTRUMP THE WORLD!»

«ADIOS HOSTILE ENVIRONMENT!»

«FIGHT TRUMPISM!»

«SUPER CALLOUS RACIST SEXIST NAZI POTUS!»

«NO TO TRUMP! NO TO WAR!»

«BUILD BRIDGES NOT WALLS!»

«NO PRESIDENT – WE DON'T LIKE YOU!»

«THE ONLY BABY IN A CAGE SHOULD BE BABY TRUMP!»

«STAND UP TO RACISM – SAY NO TO TRUMP!»

«BEWARE OF CHILD SNATCHER!»

«WE ARE THE RESISTANCE!»

«WORLD'S NUMBER ONE RACIST!»

«NOT MY LEADER OF THE FREE WORLD»

«F . . K TRUMP!»

«BLOODY TRUMP TAKING OUR TAX MONEY»

«REFUGEES IN – FASCISTS OUT!»

«GO HOME!»

«IMMIGRANTS ARE WELCOME IN THE UK – TRUMP IS NOT!»

Sehr inspirierend, so eine britische Anti-Trump-Demo!

Schade, dass nicht Millionen von Amerikanerinnen und Amerikanern mindestens einmal wöchentlich dasselbe tun.

Denn sie haben allen Grund dazu.

Bleibt zu hoffen, dass sie dieses charakterlose Scheusal in zweieinhalb Jahren abwählen.

Zum Teufel jagen.

In die Wüste schicken.

13. Juli 2018

13. Juli 2018: Anti-Trump-Demo in London mit Autor und Tochter: Ganz Great Britain gegen «Baby Trump»!

Foto: Jonas Christen

Update 2

Noch siebenundsiebzig Tage bis zur Abwahl dieses geistig umnachteten Fake-Präsidenten.

Der die ganze USA, die ganze Welt mit seinen Idiotien, Unflätigkeiten und bizarren Statements in Atem hält.

Der ein Gangster erster Güte, dumm wie Stroh und besessen wie ein Amokläufer ist.

Brandgefährlich für die Menschheit, fürs Klima, für Flora, Fauna, Luft, Wasser, Erde.

Nicht zu fassen: Wie konnte ein derartiger Betrüger, Hochstapler, Rassist, Vergewaltiger, notorischer Lügner, Psychopath, Landesverräter und Menschenfeind 2016 an die Macht gelangen?

Nur möglich in einer erstarrten Pseudodemokratie, in der der Reichtum regiert und als Freiheit verkauft, die herrschende Armut negiert und Ungleichbehandlung, Ausbeutung und Rassismus als Fakenews propagiert werden.

Am 3. November wird dieser wahnwitzige Diktator vom amerikanischen Volk zum Teufel gejagt – hoffentlich.

Notiz vom 24. August 2020

Trumpism: Brandgefährlich! Hoffentlich sehen das auch die meisten Amerikaner:innen so! Foto: Jonas Christen

Update 3

Seit dieser dreimonatigen Wohnmobilreise quer durch Kalifornien sind inzwischen einundzwanzig Jahre vergangen – und nie mehr bin ich – respektive sind wir – zurückgekehrt. Auch die wenigen Kontakte zu einigen Menschen, die wir kennengelernt hatten, versandeten nach wenigen Jahren.

Geblieben ist das Interesse: An der amerikanischen Lebensweise, an der amerikanischen Politik, an den amerikanischen Geschichten, Skandalen, wirtschaftlichen, technischen, sozialen Entwicklungen.

Und was für Wahnsinnsereignisse haben sich in diesen über zwei Jahrzehnten in den USA zugetragen!

11. September 2001: Nine Eleven

Die weltweit live übertragenen Terroranschläge auf das World Trade Center und das Pentagon haben apokalyptische Ausmasse, man traut den eigenen Augen nicht: Passagierflugzeuge, die live, echt und wirklich direkt in einen der beiden Türme rasen, dort verschwinden, die Türme so erschüttern, dass diese in sich zusammenstürzen, sich in dichte Staubwolken und New York für Stunden in eine Geisterstadt verwandeln!

November 2008: Historische Wahl

Barack Obama wird zum ersten schwarzen Präsidenten der USA gewählt.

November 2016: Trumpwahl

Was kaum jemand für möglich gehalten hat: Donald Trump wird, trotz Stimmenminderheit, zum neuen US-Präsidenten gewählt, gegen den 2018 zum ersten und 2021 zum zweiten Mal ein Impeachmentverfahren in Gang gesetzt wird, das schlussendlich am Widerstand der Republikaner:innen scheitert.

November 2020: Abwahl Trumps

Nach chaotischen vier Amtsjahren unterliegt Trump klar seinem demokratischen Herausforderer Joe Biden.

6. Januar 2021: Missglückter Staatsstreich Trumps

Tausende fanatisierter, aufgehetzter, teilweise bewaffneter Trump-Fans erstürmen das Capitol, terrorisieren, verletzen, ermorden Sicherheits- und Wachpersonal und Polizisten, dringen in Parlamentssäle, Abgeordnetenbüros und Sitzungszimmer ein, machen Jagd auf Parlamentsmitglieder, skandieren, man solle den Vizepräsidenten aufhängen – «Hang Mike Pence! Hang Mike Pence!» –, und es dauert fast vier Stunden, bis der noch amtierende Präsident die Aufständischen endlich auffordert, nach Hause zu gehen, nicht ohne seinem gewalttätigen Mob vorher noch gedankt zu haben: «We love you!»

Weltweiter Schock: Was ist aus den USA geworden?

15. Januar 2021

Schlappe Flagge: Was ist aus den USA geworden?

Update 4

Die gegenwärtige politische Lage in den USA ist dramatisch:

Unter den Augen der Welt werden die Grundpfeiler der Demokratie in einzelnen von den Republikanern regierten Bundesstaaten ausgehebelt, indem der Wahlbetrug systematisiert und gesetzlich verankert wird.

1. Die für die Auszählung der Stimmen zuständigen Wahlgremien werden ausschliesslich mit gleichgeschalteten republikanischen Trump-Fans besetzt zur «Verhinderung eines weiteren Wahlbetrugs».

2. Demokratische Angehörige der für die Ermittlung der Wahlresultate verantwortlichen Wahlbüros wurden nach den 2020-er Wahlen in vielen republikanischen Bundesstaaten von Trump-Anhänger:innen verfolgt, mit dem Tod bedroht, bei Gerichten angeklagt «wegen Wahlbetrugs».

3. In mindestens sieben Bundesstaaten, in denen Biden im November 2020 mehr Stimmen erhalten hatte als Trump – wie zum Beispiel in Visconsin – wurden republikanische «alternative Wahlmänner und Wahlfrauen» erkoren, die entsprechenden Dokumente erstellt, unterzeichnet, von offiziellen Stellen beglaubigt respektive gefälscht und nach Washington gesandt mit dem Ziel, das am 6. Januar 2021 vom Repräsentantenhaus zu verabschiedende Wahlergebnis umzuwandeln in einen Sieg Trumps.

4. In fast allen republikanisch regierten Bundesstaaten wurden die Wahlkreise neu so festgelegt, dass auch bei gesamthaft weniger republikanischen Wahlstimmen die «Grand Old Party» mehr Abgeordnete wird nach Washington entsenden können als die Demokratische Partei.

5. In sämtlichen republikanischen Bundesstaaten wurden die Wahlrechte der potentiell «demokratisch» wählenden Bevölkerung eingeschränkt, indem beispielsweise die Zahl der Wahllokale reduziert, die briefliche Stimmabgabe abgeschafft oder die Wahlrechtshürde angehoben respektive neu definiert wurde.

6. Das ganze amerikanische Justizsystem wurde von Trump und seinen republikanischen Gefolgsleuten in den Bundesstaaten «unterwandert», indem auf allen Gerichtsstufen Trump-Günstlinge eingesetzt wurden. Der «Supreme Court», der oberste amerikanische Gerichtshof, besteht mittlerweilen aus drei demokratischen und sechs republikanischen Richter:innen – die Unabhängigkeit der Justiz ist längst nicht mehr gewährleistet.

7. Die «Big Lie», die «Grosse Lüge», ist inzwischen der zentrale Kern des republikanischen Wahlprogramms: Praktisch alle republikanischen Senator:innen und Abgeordneten des Repräsentantenhauses unterstützen blind und vorbehaltlos Trumps Lügenpropaganda: Sie sind zu Feind:innen der Demokratie geworden, und obwohl sie einen Eid auf die amerikanische Verfassung geschworen haben, treten sie diese mit Füssen.

8. Das amerikanische Justizsystem ist nicht in der Lage, kriminelle Subjekte wie Trump zur Rechenschaft zu ziehen, rechtmässig zu verurteilen und jahrelang hinter Gitter zu bringen. Dies deshalb, weil zuallererst sämtliche am Staatsstreich beteiligten Kleinkriminellen abgeurteilt werden, bevor die hinter dem «Coup» steckenden Drahtzieher an die Reihe kommen. Und bis die Justiz endlich – nach Monaten und Jahren – bereit wäre, eine hieb- und stichfeste Anklageschrift gegen den «Big Fish» Trump vorzulegen, haben bereits wieder Neuwahlen stattgefunden, die die politischen Kräfteverhältnisse derart verändern, dass die laufenden Untersuchungen gestoppt werden können und Trump unbehelligt bleibt.

Hinzu kommt die systematische Bevorteilung der Begüterten, die sich die renommiertesten Anwälte, Kautionen in Millionenhöhe und den Weiterzug der Prozesse durch alle Instanzen bis hin zum Supreme Court leisten und so die Prozesse um Jahre verschleppen können.

9. Der Untersuchungsausschuss des Repräsentantenhauses, der von den Republikanern boykottiert, negiert und im Falle eines Wahlsiegs 2022 sofort abgeschafft würde, arbeitet auf Hochtouren und kann der Öffentlichkeit fast täglich neue, schockierende, unglaubliche Fakten liefern über das Ausmass der monatelangen Planungsarbeiten zur Sicherung von Trumps Wiederwahl, in die auch höchste republikanische Kreise involviert waren.

10. So stehen die USA tatsächlich davor, sich 2024 in

eine faschistische, von einem rücksichts- und gesetzeslosen Diktator regierte Nation zu verwandeln, zum Schrecken der Mehrheit der amerikanischen Bevölkerung, der Nachbarstaaten und der ganzen Welt.

Die amerikanische Demokratie ist mehr oder weniger auf dem Stand von 1776 erstarrt, antiquiert, längst nicht mehr zeitgemäss und hat es verpasst, sich zu erneuern, die Rechte der amerikanischen Bürgerinnen und Bürger zu festigen und auszuweiten. Deshalb ist die amerikanische «Volksherrschaft» auch nicht stabil genug und relativ leicht auszuhebeln.

Die beiden staatstragenden Parteien haben es jahrzehntelang nicht geschafft, ihre, die eigene, die amerikanische Demokratie, auf die sie alle so unglaublich stolz sind, weiter zu entwickeln, die demokratischen Prozesse auszubauen, die zentralen demokratischen Grundsätze, dass jede einzelne Stimme gleich viel zählt und schlussendlich die Stimmenmehrheit entscheidet, in die Tat umzusetzen.

So ist es heute Betrügern, Kriminellen und Politgangstern und professionellen Lügnern wie Trump möglich, mit einfachsten Mitteln – man benötigt dazu lediglich eine gewisse Zahl willfähriger, skrupel-, charakter-, rücksichts- und gewissenloser Regierungs- und Parlamentsangehöriger republikanischer Bundesstaaten – das längst klare und von über sechzig Gerichten bestätigte Wahlresultat noch fünfzehn Monate nach den Wahlen als «komplett falsch», manipuliert» und «gestohlen», zu erklären.

Der Trump-Mob, die Trump-Abgeordneten und Trump-Vertrauten gefährdeten die definitive Gültigkeitserklärung der Wahlergebnisse am 6. Januar 2021 aufs Äusserste – doch dank der Standhaftigkeit des republikanischen Vizepräsidenten Mike Pence konnte der monatelang vorbereitete Staatsstreich glücklicherweise im allerletzten Moment verhindert werden.

Zwar ist damals die Errichtung einer Trump-Diktatur misslungen, doch findet die angestrebte Machtübernahme nun schleichend statt:

Trump hat fast alle republikanischen Senats- und Kongresskandidat:innen fest in seiner Hand – er akzeptiert nur Kandidierende, die ihn und die «Big Lie» kompromisslos unterstützen, und falls die «GOP», die «Great Old Party», die Zwischenwahlen 2021 gewinnen sollte, was zu erwarten ist, da der Haupttäter Trump nicht rechtzeitig oder nie zur Rechenschaft gezogen wird, stünde auch der republikanische «Wahl»-Sieg 2024 im Voraus fest: Trump könnte seine zweite Amtsperiode antreten, sich auf Lebenszeit wählen lassen und seinen Sohn «Don Junior» zu seinem Nachfolger ernennen.

«Schöne» Aussichten – schlimmer: Das wahrscheinliche Szenario.

Doch noch ist es nicht so weit, noch besteht die Hoffnung, dass sich letzten Endes auch in den USA die Justiz, die Gerechtigkeit, die Wahrheit, die Demokratie durchsetzen werden.

Let's hope for the best!

For «We The People», für uns, für die ganze Welt.

Martin Christen

22. Februar 2022

Mit «Dump Trumps» Staatsstreichsversuch wurde schon an der Londoner Demo gerechnet...　　　　Foto: Jonas Christen

Anhang: Route

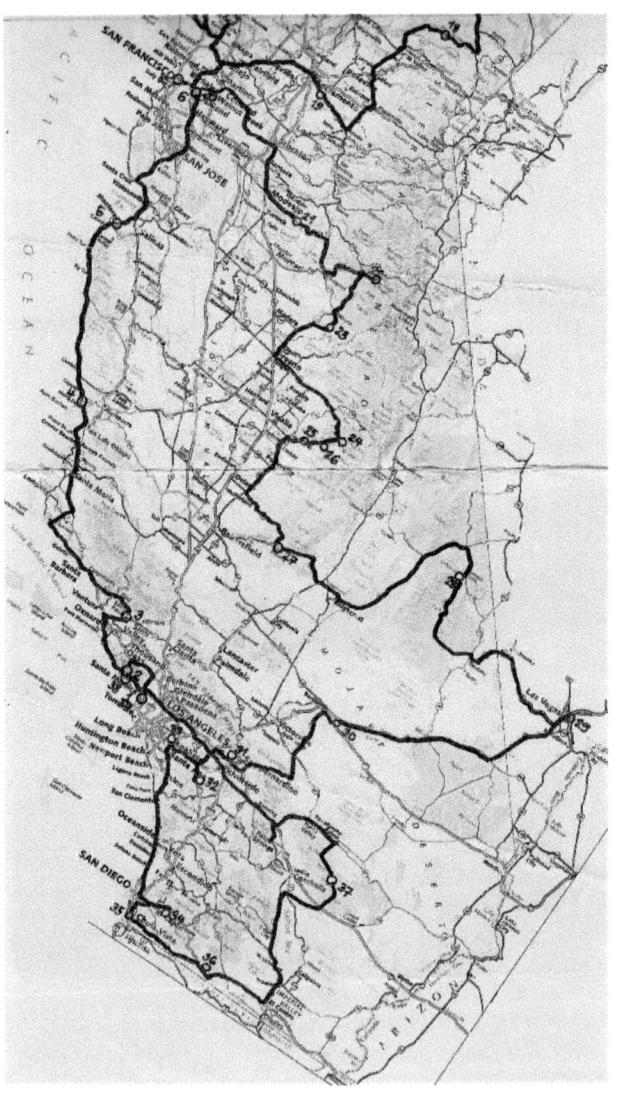

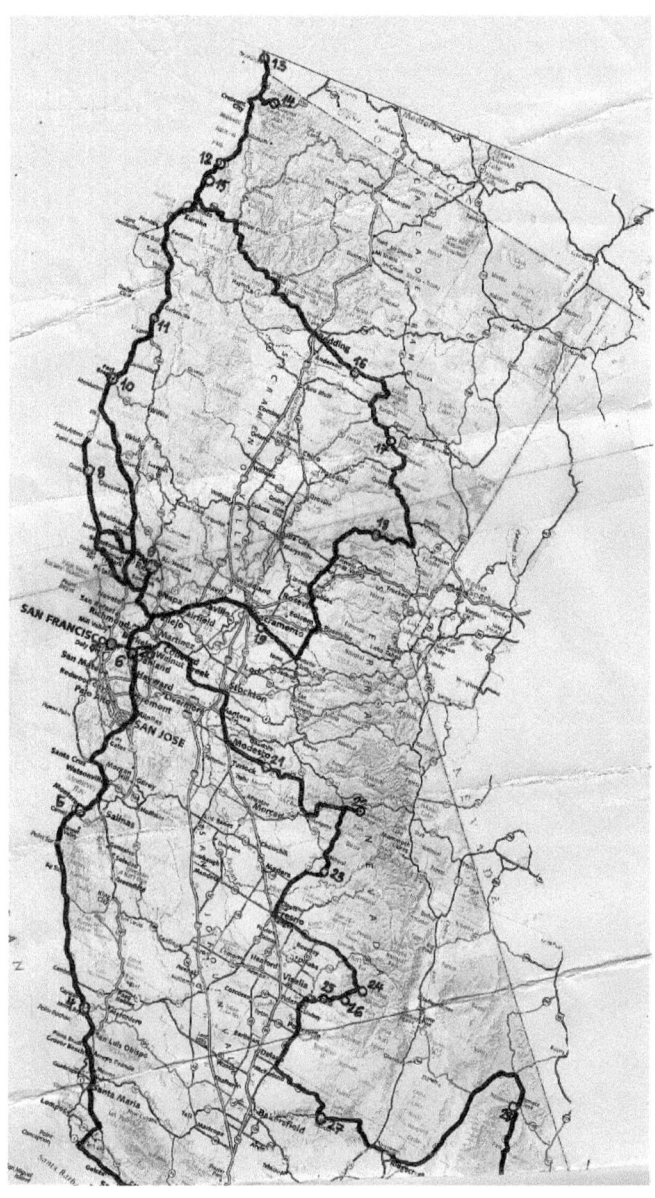

Von Los Angeles beginnend nordwärts bis Oregon, dann südwärts bis zur mexikanischen Grenze und zurück nach L.A.

Many Thanks.

Mein grösster Dank geht an meine damalige Partnerin Corinne F. und unseren Sohn Elia, die beide diese wundervolle Reise und die damit verbundenen Strapazen auf sich genommen und überhaupt erst möglich gemacht haben.

Ein zweiter Dank gilt der Lehramtsschule Aargau und dessen Projektkursleiter H. Gelzer, der mich ermunterte, die einmalige Chance zu nutzen und ein wirklich spezielles, auf mich zugeschnittenes Intensiv-Projekt zu realisieren.

Drittens danke ich dem Bruder meiner Ex-Partnerin, Steven F., der damals an der University of Berkeley arbeitete und bei dem wir einige Tage verbringen durften.

Einen weiteren Dank verdient mein ältester Sohn T. Christen, der uns in den ersten beiden Wochen während seiner Schulferien begleitete und danach allein und selbstständig von Los Angeles in die Schweiz zurückkehrte.

Ebenso danke ich meinem zweitältesten Sohn J. Christen für die akribische Redigierung des Textes, meiner Tochter Naemi F. , meinem jüngsten Sohn Elia F. sowie Corinne F. für die Überprüfung von Texten und Fotos sowie ihr Einverständnis, diese «Reportagen» in dieser Form publizieren zu dürfen. Danke!

Für Sohn Elia waren die zehn Wochen im Wohnmobil nicht immer leicht zu ertragen.

Auf sie konnten sich Söhnchen und Autor jederzeit verlassen: Corinne F., die das Wohnmobil sicher durch den kalifornischen Verkehr steuerte und einen erheblichen und massgeblichen Beitrag zum Gelingen des Projekts leistete.

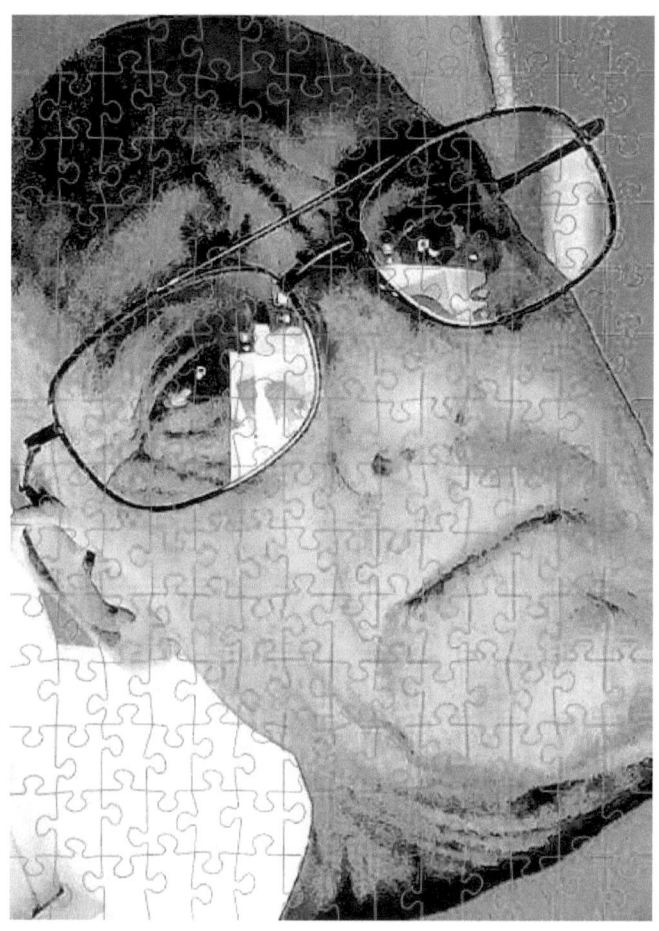

Martin Christen
1949 in Rothrist AG, Schweiz, geboren
Ausbildung zum Bezirkslehrer an der Universität Zürich
Bezirkslehrer in Spreitenbach AG, Schweiz, bis 2014

Publikationen:
- Todsicher. Ein Stück Beznau. BoD 2016
- Der Sarg. Politkrimi. BoD 2020
- ich - dazu fällt mir nichts ein. kurzstorys, poems. BoD 2022
- Achgott. Und andere Dialoge. BoD 2022

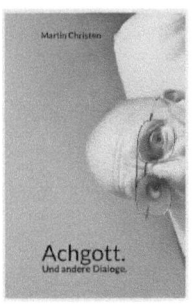

Achgott. Und andere Dialoge.

Die Gespräche zwischen Heidn und Achgott
sind aufgrund ihrer unterhaltsamen, oft witzigen, skurrilen und ironischen Art auch für
ein breiteres Publikum von Interesse, vor allem für Leserinnen und Leser, die an Gott,
einen Achgott oder eine andere Göttlichkeit
glauben oder deren Existenz in Zweifel ziehen respektive negieren.
BoD 2022

Der Sarg.
Politkrimi.

Plötzlich ist er da, aufgetaucht aus dem
Nichts: Der Sarg.
Wie Hubert Heiden, pensionierter Lehrer
und ehemaliger Politiker, auf diese Heraus-
forderung reagiert, erzählt diese spannen-
de, unglaubliche Geschichte. Realitätsnah.
BoD 2020

ich – dazu fällt mir nichts ein

poems und kurzstorys über alles, was zu
einem leben zwischen geburt und tod
gehört.
oft schräg, ironisch, selbstkritisch, tiefsinnig
und immer auf den punkt gebracht.
BoD 2021

Todsicher.
Ein Stück Beznau.

Supergau im Atomkraftwerk.
Ein realitätsnahes Vierpersonenstück, das
unter die Haut geht.
Todsicher.
BoD 2016